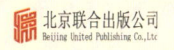

有舍有得是人生

梁实秋 著

图书在版编目（CIP）数据

有舍有得是人生/梁实秋著.——北京:北京联合出版公司,2018.6（2021.4重印）
ISBN 978-7-5596-2001-9

Ⅰ.①有… Ⅱ.①梁… Ⅲ.①散文集－中国－现代 Ⅳ.①I266

中国版本图书馆CIP数据核字（2018）第082969号

有舍有得是人生

作　　者：梁实秋
责任编辑：杨　青　高霁月
产品经理：周　娇

北京联合出版公司出版
（北京市西城区德外大街83号楼9层　100088）
三河市嘉科万达彩色印刷有限公司印刷　新华书店经销
字数130千字　880毫米×1230毫米　1/32　印张8.5
2018年6月第1版　2021年4月第5次印刷
ISBN 978-7-5596-2001-9
定价：45.00元

版权所有，侵权必究
未经许可，不得以任何方式复制或抄袭本书部分或全部内容
如发现图书质量问题，可联系调换。质量投诉电话：010-82069336

一切东西都是旧的好,除了朋友、时代、习惯、书、酒之外,有数不尽的事物,都是越老越古越旧越陈越好。

只有上帝和野兽才喜欢孤独。

纵然不能蔽风雨，"雅舍"还是自有它的个性。有个性就可爱。

你走，我不送你；你来，无论多大风多大雨，我要去接你。

目录
CONTENTS

第一章
雅舍寄闲情

看山头吐月,红盘乍涌,一霎间,清光四射,天空皎洁,四野无声,微闻犬吠,坐客无不悄然!

雅舍寄闲情 002

书房 007

《大街》 013

谈学者 018

唐人自何处来 022

学问与趣味 025

流行的谬论 030

纯文学 041

万取千焉,千取百焉 046

漫谈读书 049

树犹如此 054

第二章

人生忽如寄

天地者万物之逆旅，人生本来如寄。

我在小学　060
记得当时年纪小　074
清华八年　085
大学教授　129
考生的悲哀　131
读书苦？读书乐？　134
写字　139
好书谈　144
晒书记　148
影响我的几本书　151
甚有心得　168

第三章
舍得方欢喜

舍与得，不过一段轮回；敢舍才易得，愿舍才能得。
舍得之间，才是人生。

诗人　172
孩子　177
猫　　183
旧　　189
信　　195
日记　199
牙签　205
签字　209
胖　　214
名片　218

第四章
寂寞是清福

我所谓的寂寞,是随缘偶得,无须强求,一刹间的妙悟也不嫌短,失掉了也不必怅惘。

谈礼 222

聋 225

让 230

挤 234

谦让 237

让座 241

谈谜 243

读画 247

书 251

音乐 257

第一章
雅舍寄闲情

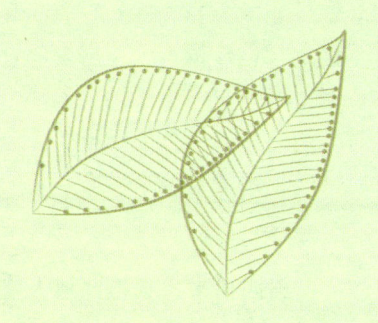

看山头吐月,红盘乍涌,一霎间,
清光四射,天空皎洁,四野无声,
微闻犬吠,坐客无不悄然!

雅舍寄闲情

到四川来，觉得此地人建造房屋最是经济。火烧过的砖，常常用来做柱子，孤零零地砌起四根砖柱，上面盖上一个木头架子，看上去瘦骨嶙嶙，单薄得可怜；但是顶上铺了瓦，四面编了竹篦墙，墙上敷了泥灰，远远地看过去，没有人能说不像是座房子。我现在住的"雅舍"正是这样一座典型的房子。不消说，这房子有砖柱，有竹篦墙，一切特点都应有尽有。讲到住房，我的经验不算少，什么"上支下摘""前廊后厦""一楼一底""三上三下""亭子间""茅草棚""琼楼玉宇"和"摩天大厦"，各式各样，我都尝试过。我不论住在哪里，只要住得稍久,对那房子便发生感情,非不得已我还舍不得搬。这"雅舍",我初来时仅求其能蔽风雨,并不敢存奢望,现在住了两个多月,我的好感油然而生。虽然我已渐渐感觉它是并不能蔽风雨,因为有窗而无玻璃,风来则洞若凉亭,有瓦而空隙不少,雨来则渗如滴漏。纵然不能蔽风雨,"雅舍"还是自有它的个性。有个性就可爱。

"雅舍"的位置在半山腰,下距马路约有七八十层的土阶。前面是阡陌螺旋的稻田。再远望过去是几抹葱翠的远山,旁边有高粱地,有竹林,有水池,有粪坑,后面是荒僻的榛莽未除的土山坡。若说地点荒凉,则月明之夕,或风雨之日,亦常有客到,大抵好友不嫌路远,路远乃见情谊。客来则先爬几十级的土阶,进得屋来仍须上坡,因为屋内地板乃依山势而铺,一面高,一面低,坡度甚大,客来无不惊叹,我则久而安之,每日由书房走到饭厅是上坡,饭后鼓腹而出是下坡,亦不觉有大不便处。

"雅舍"共是六间,我居其二。篦墙不固,门窗不严,故我与邻人彼此均可互通声息。邻人轰饮作乐,咿唔诗章,喁喁细语,以及鼾声、喷嚏声、吮汤声、撕纸声、脱皮鞋声,均随时由门窗户壁的隙处荡漾而来,破我岑寂。入夜则鼠子瞰灯,才一合眼,鼠子便自由行动,或搬核桃在地板上顺坡而下,或吸灯油而推翻烛台，或攀援而上帐顶，或在门框桌脚上磨牙，使人不得安枕。但是对于鼠子，我很惭愧地承认，我"没有法子"。"没有法子"一语是被外国人常常引用着的，以为这话最足以代表中国人的懒惰隐忍的态度。其实我对付鼠子并不懒惰。窗上糊纸，纸一戳就破；门户关紧，而相鼠有牙，一阵咬便是一个洞洞。试问还有什么法子？洋鬼子住到"雅舍"里，不也是"没有法子"？比鼠子更骚扰的是蚊子。"雅舍"的"蚊风"之盛，是我前所未见的。"聚蚊成雷"真有其事！每当黄昏时候，满屋里磕头碰脑的全是蚊子，又黑又大，骨骼都像是硬的。在别处蚊子早已肃清的时候，在"雅舍"则格外猖獗，来客偶不留心，则两腿伤处累累隆起如玉蜀黍，但是我仍安之。冬天一到，蚊子自然绝迹，明年夏天——谁知道我还是否住在"雅舍"！

"雅舍"最宜月夜——地势较高，得月较先。看山头吐月，红盘乍涌，一霎间，清光四射，天空皎洁，四野无声，微闻犬吠，坐客无不悄然！舍前有两株梨树，等到月升中天，清光从树间筛洒而下，地上阴影斑斓，此时尤为幽绝。直到兴阑人散，归房就寝，月光仍然逼进窗来，助我凄凉。细雨蒙蒙之际，"雅舍"亦复有趣。推窗展望，俨然米氏章法，若云若雾，一片弥漫。但若大雨滂沱，我就又惶悚不安了，屋顶湿印到处都有，起初如碗大，俄而扩大如盆，继则滴水乃不绝，终乃屋顶灰泥突然崩裂，如奇葩初绽，砉然一声而泥水下注，此刻满室狼藉，抢救无及。此种经验，已数见不鲜。

"雅舍"之陈设，只当得简朴二字，但洒扫拂拭，不使有纤尘。我非显要，故名公巨卿之照片不得入我室；我非牙医，故无博士文凭张挂壁间；我不业理发，故丝织西湖十景以及电影明星之照片亦均不能张我四壁。我有一几一椅一榻，酣睡写读，均已有着，我亦不复他求。但是陈设虽简，我却喜欢翻新布置。西人常常讥笑妇人喜欢变更桌椅位置，以为这是妇人天性喜变之一证。诬否且不论，我是喜欢改变的。中国旧式家庭，陈设千篇一律，正厅上是一条案，前面一张八仙桌，一边一把靠椅，两旁是两把靠椅夹一只茶几。我以为陈设宜求疏落参差之致，最忌排偶。"雅舍"所有，毫无新奇，但一物一事之安排布置俱不从俗。人入我室，即知此是我室。笠翁《闲情偶寄》之所论，正合我意。

"雅舍"非我所有，我仅是房客之一。但思"天地者万物之逆旅"，人生本来如寄，我住"雅舍"一日，"雅舍"即一日为我所有。即使此一日亦不能算是我有，至少此一日"雅舍"所能给予之苦辣酸甜，我实躬受亲尝。刘克庄词："客里似家家似寄。"我此时此刻卜居"雅舍"，"雅舍"即似我家。其实似家似寄，我亦分辨不清。

长日无俚,写作自遣,随想随写,不拘篇章,冠以"雅舍小品"四字,以示写作所在,且志因缘。

书房

书房,多么典雅的一个名词!很容易令人联想到一个书香人家。书香是与铜臭相对的。其实书未必香,铜亦未必臭。周彝商鼎,古色斑斓,终日摩挲亦不觉其臭,铸成钱币才沾染市侩味,可是不复流通的布泉刀错又常为高人赏玩之资。书之所以为香,大概是指松烟油墨印上了毛边连史,从不大通风的书房里散发出来的那一股怪味,不是桂馥兰薰,也不是霉烂馊臭,是一股混合的难以形容的怪味。这种怪味只有书房里才有,而只有士大夫家才有书房。书香人家之得名大概是以此。

寒窗之下苦读的学子多半是没有书房,囊萤凿壁的就更不用说。所以对于寒苦的读书人，书房是可望而不可即的豪华神仙世界。伊士珍《琅嬛记》：张华游于洞宫，遇一人引至一处，别是天地，每室各有奇书，华历观诸室书，皆汉以前事，多所未闻者，问其地，曰："琅嬛福地也。"这是一位读书人希求冥想一个理想的读书之所，乃托之于神仙梦境。其实除了赤贫的人饔飧不继谈不到书房外，一般的读书人，如果肯要一个书房，还是可以好好布置出一个来的。有人分出一间房子来养鸡，也有人分出一间房子养狗，就是匀不出一间作书房。我还见过一位富有的知识分子，他不但没有书房，也没有书桌，我亲见他的公子趴在地板上读书，他的女公子用块木板在沙发上写字。

一个正常的良好的人家，每个孩子应该拥有一个书桌，主人应该拥有一间书房。书房的用途是皮藏图书并可读书写作于其间，不是用以公开展览借以骄人的。"丈夫拥有万卷书，何假南面百城！"这种话好像是很潇洒而狂傲，其实是心尚未安、无可奈何的解嘲语，徒见其不丈夫。书房不在大，亦不在设备佳，适合自己的需要便是，局促在几尺宽的走廊一角，只要放得下一张书桌，依然可以作为一个读书写作的工厂，大量出货。光线要好，空气要流通，红袖添香是不必要的，既没有香，"素腕举，红袖长"，反倒会令人心有别注。书房的大小好坏，和一个读书写作的成绩之多少、高低，往往不成正比例。有好多著名作品是在监狱里写的。

我看见过的考究的书房当推宋春舫先生的褐木庐为第一，在青岛的一个小小的山头上，这书房并不与其寓邸相连，是单独的一栋。环境清幽，只有鸟语花香，没有尘嚣市扰。《太平清话》："李德茂环积坟籍，名曰书城。"我想那书城未必能和褐木庐相比。在这里，所有的图书都是放在玻璃柜里，柜比人高，但不及栋。我记得藏书是以法文戏剧为主。所有的书都是精装，不全是buckram（胶硬粗布），有些是真的小牛皮装订(half calf,ooze calf,etc)，烫金的字在书脊上排着队闪闪发亮。也许这已经超过了书房的标准，微近于藏书楼的性质，因为他还有一册精印的书目，普通的读书人谁也不会把他书房里的图书编目。

周作人先生在北平八道湾的书房，原名苦雨斋，后改为苦茶庵，不离苦的味道。小小的一幅横额是沈尹默写的。是北平式的平房，书房占据了里院上房三间，两明一暗。里面一间是知堂老人读书写作之处，偶然也延客品茗，几净窗明，一尘不染。书桌上文房四宝井然有致。外面两间像是书库，约有十个八个书架立在中间，图书中西兼备，日文书数量很大。真不明白苦茶庵的老和尚怎么会掉进了泥淖一辈子洗不清！

闻一多的书房，和"闻一多先生的书桌"一样，充实、有趣而乱。他的书全是中文书,而且几乎全是线装书。在青岛的时候,他仿效青岛大学图书馆庋藏中文图书的办法,给成套的中文书装制蓝布面,用白粉写上宋体字的书名,直立在书架上。这样的装备应该是很整齐可观,但是主人要作考证,东一部西一部的图书便要从书架上取下来参加獭祭的行列了,其结果是短榻上、地板上,唯一的一把木根雕制的太师椅上,全都是书。那把太师椅玲珑帮硬,可以入画,不宜坐人,其实亦不宜于堆书,却是他书斋中最惹眼的一个点缀。

潘光旦在清华南院的书房另有一种情趣。他是以优生学专家的素养来从事我国谱牒学研究的学者,他的书房收藏这类图书极富。他喜欢用书护,那就是用两块木板将一套书夹起来,立在书架上。他在每套书系上一根竹制的书签,签上写着书名。这种书签实在很别致,不知杜工部《将赴草堂途中有作》所谓"书签药裹封尘网"的书签是否即系此物。光旦一直在北平,失去了学术研究的自由,晚年丧偶,又复失明,想来他书房中那些书签早已封尘网了!

汗牛充栋,未必是福。丧乱之中,牛将安觅?多少爱书的人士都把他们苦心聚集的图书抛弃了,而且再也鼓不起勇气重建一个像样的书房。藏书而充栋,确有其必要,例如从前我家有一部小字本的图书集成,摆满上与梁齐的靠着整垛山墙的书架，取上层的书须用梯子，爬上爬下很不方便，可是充栋的书架有时仍是不可少。我来台湾后，一时兴起，兴建了一个连在墙上的大书架，邻居绸缎商来参观，叹曰："造这样大的木架有什么用，给我摆列绸缎尺头倒还合用。"他的话是不错的，书不能令人致富。书还给人带来麻烦，能像郝隆那样七月七日在太阳底下晒肚子就好，否则不堪衣鱼之扰，真不如尽量地把图书塞入腹笥，晒起来方便，运起来也方便。如果图书都能做成"显微胶片"纳入腹中，或者放映在脑子里，则书房就成为不必要的了。

所谓"花看半开,酒饮微醺",是最令人低回的境界。

《大街》

《大街》是美国辛克莱·路易士（一八八五年——一九五一年）的重要作品之一，刊于一九二〇年。中文译本张先信译，一九七六年二月今日世界出版社出版，六百三十七页。

厚厚的一部小说，拿在手里几乎像是一块砖头似的重，能令人从头看到尾，这就不简单。一个故事并不等于是一部小说，可是一部小说一定要有一个故事。《大街》的故事是这样的——

凯洛尔·密尔福特是美国明尼阿波利斯附近一所小型学院的毕业生。她在学校里是相当活跃的，有多方面的兴趣，有轻盈的体态，有反叛的性格，有改革家的抱负。毕业之后在芝加哥学习图书馆学。后来在一个偶然的机会里遇到了维尔·肯尼柯特,他是明尼苏达州地鼠草原的一位医师,此人性情和善,头脑冷静,但无太多的想象,比她大十二三岁。一个秀丽少女和一个富裕的未婚男子遇在一起,发生恋爱是很自然的事,那种关系是"生理和神秘的混合"。结果是他们结婚了。她当然是跟了他到地鼠草原去,去做家庭主妇,但是她并不志在做家庭主妇。他告诉她,地鼠草原需要她去做一番改革。

可惜一到了地鼠草原,凯洛尔大失所望,原来那地方是风气闭塞的穷乡僻壤,人民抱残守阙,愚蠢落后,并不欢迎改革。那条大街便是标准的丑陋的标志。"传统的故事为什么都是谎话?人们总把新娘进门形容得美好无比,认为姻缘都是十全十美。实际上完全不是那么一回事。我现在没有任何改变。而这小镇——我的天!我怎能住得下去,这是一座垃圾堆!"她的丈夫很满意于他的家,他说"这是一个真正的家"!他唱起灶神歌:

> 我有一个家,
> 可以随心所欲,
> 随心所欲,
> 这是我和妻儿的窝,
> 我自己的家!

他不是不明白凯洛尔的心情，他说："我不期望你认为地鼠草原是天堂。我也不期望你一开头就特别喜欢这个地方。但是慢慢地你会喜欢它的——在这里，自由自在，所接触的都是世界上最好的人。"

但是事实上凯洛尔所接触的净是一些庸俗而鄙陋的人。他们喜欢的是瞎咀嚼，玩桥牌，谈汽车，打猎捕鱼。

她的家庭内最初一场风波是因钱而起，她手里没有钱，有时候很穷。"我用钱的时候必须向你恳求，每天如此！"于是他塞给她五十块钱，以后总记得按时给她钱。

在校园中她努力应付，但是究竟品类不同，难以水乳交融。有几个人比较谈得来，例如她丈夫从前追求过的一位女教师维达·薛尔文，一位有学问的律师盖·包洛克，一位瑞典的流浪汉迈尔斯·勃尔斯泰姆。但是在凯洛尔的生活中引起轩然大波的，是新来镇上在一家裁缝店里工作的二十五岁的小伙子。他名叫埃里克·华尔柏，瑞典人，大家取笑他，说他的服装和言谈都有点女人气，称他为"伊丽莎白"。凯洛尔觉得他"光芒四射，与众不同……从他的脸上可以看到济慈、雪莱"。她径自到裁缝店去见华尔柏，谈得甚为投机，以后便常有来往，一同出去散步、划船。有一天趁医师不在家，他溜进她的院子，她引他入室、登楼、参观卧室……然后"她不禁全身瘫痪，头往后仰，两眼微闭，陷入一阵多彩多姿的迷惘"。男女之事，有太多的人喜欢做义务的传播，于是风风雨雨，她的丈夫焉能不有所闻？有一次撞见他们在野外，遂使事情到了摊牌阶段。肯尼柯特一点也不鲁莽，只要求她和他一刀两断，并且以引咎的口吻向她解释说："你明白我的工作性质吗？我一天二十四小时，马不停蹄地在泥浆和大风雪中到处奔跑，拼命救人，不分贫富，一视同仁。你常说这个世界应该由科学家来统治，不应该让热狂的政客来统治，你难道不明白我就代表着此地所有的科学家吗？"言外之意是说，莫怪一个做医师的丈夫为工作所限制而无暇和你经常谈情说爱。事实上，除了无暇之外，这位医师的气质也是一个问题。凯洛尔敬重他，但很难在爱的方面获得满足。多少妻子因此饮恨终身而不敢表达她的衷曲！这一场风波的结果是夫妻外出旅行三个半月。凯洛尔随后离家，远赴华盛顿觅得一份工作，但是一年后对工作也不无厌倦，"觉得自己不再是一个目中无人的哲学家，只是一个已经衰老的女公务员"。她的丈夫到华盛顿来看她，对她说："我希望你回来，并不请求你回来。"最后，凯洛尔回去了，可是并不觉得自己完全失败，她于表现反抗精神之后回到地鼠草原去继续做一个贤妻良母，继续对社区活动积极参加。

这样的一个故事，平铺直叙，很少曲折。背景是美国中西部的一个小镇,时间是第一次世界大战前后,主要人物与情节是一对夫妻的悲欢离合。作者对于庸俗的乡镇做了深入的讽刺,对那些知识浅陋、头脑顽固、胸襟狭隘,而又自满自足的人物做了相当含蓄的攻击。我们要注意:这庸俗与阶级无关。哪一个阶层都有它的庸俗分子与庸俗见解。《大街》里的人物包括了上、中、下三个阶层,各有其可厌的人物画像。凯洛尔值得同情,但是肯尼柯特不仅值得同情,而且值得敬重。一个家庭应该由男人做一家之主,使女人沦于奴隶地位,以烧菜洗盘断送其一生吗?一个女人应该接受传统环境所炼成的缰锁,在感情生活方面永远受着压抑,而不许越雷池一步吗?这样的问题,《大街》都提出来了,虽然不曾说出明确的答案。文学作品的目的,就是要提出问题,而不是一定要提供答案。像《大街》这样一部有名的小说,在美国现代文学中已有定评,中译本前无序言,后无跋语,我想这缘故大概即是要读者自己去体会其中的意义。最后应该一提的是,译者张先信先生的译笔既忠实又流利。

谈学者

在上一期的《文星》里看到居浩然先生的一篇文章,他把"scholarship"一词译成为"学格"。这一个词是不容易翻译得十分恰当的,因为它涵义不太简单。从字面上讲,这个词分两部分,scholar+ship,其重心还是在前一半,ship 表示特征、性质、地位等。韦氏字典所下的定义是:"Character or qualities of a scholar;attainments in science or literature,formerly in classical literature;learning."这一定义好像是很简单明了,但是很值得令我们想一想。什么是学者的特征与性质呢?换言之,怎样才能是一个学者呢?居先生提出了三点，第一是诚实，第二是认真，第三是纪律。愿再补充申说一下。

学者以探求真理为目的，故不求急功近利。学者研究一个问题，往往是很小的而且很偏僻的问题，不惜以狮子搏兔的手段，小题大做，有时候像是迂腐可笑，有时候像是玩物丧志。这种研究可能发生很大的影响，或给人以重要的启示，但亦可能不生什么实际的效果。在学者自身看来，凡是探求真理的努力都是有价值的，题目不嫌其小，不嫌其偏，但求其能有所发现，纵然终于不能有所发现，其探讨的过程仍然是有价值的。学者的态度是"无所为而为的"，是不计功利的。一个有志于学的人，我们只消看看他所研究的题目，就可以约略知道他是否有走上学问之途的希望。学者有时为了探求真理，不惜牺牲其生命，不惜与权威抗争，不为利诱自然是更不待言的了。

小题大做并不是一件容易事。要小题大做，需先尽力发掘前人研究的成果与过程；需先对于此一小题所牵涉到的其他各方面的材料做一广泛的探讨，然后方能正式着手。题小，然后才能精到。可是这精到仍是建在广博的基础之上。题目若是大，则纵然用功甚勤，仍常嫌肤泛，可供通俗阅览，不能做专门参考。高谈义理，固然也是学问，不过若无切实的学识做后盾，便要流于空疏。题小而要大做，才能透彻，才能深入，才能巨细靡遗。

所以学问之道是艰辛的。

学者有学者的尊严。他不屑于拾人涕唾,有所引证必注明出处,正文里不便述说则皆加脚注,最低限度引号是少不得的。凡是正式论文,必定脚注很多,这样可显示作者的功力与负责的态度。不注明出处,一方面是掠人之美,一方面是削弱了自己论证的力量。论文后面总是附有参考书目,从这书目也可窥见学者的素养。学者不发表正式论文则已,发表则必定全盘公布他的研究经过,没有一点夹带藏掖。

学者不肯强不知以为知。自己没有把握的材料,不但不可妄加议论,即使引述也往往失当,纰漏一出,识者齿冷。尝见文史作者,引证最新科学资料,或国学大师,引证外国文字,一知半解,引喻失当,自以为旁征博引,头头是道,实则暴露自己之无知与大胆,有失学者风度。

有了学者的态度,穷年累月地锲而不舍,自然有相当的造诣。但学者,永远是虚心的,偶有所得,亦不敢沾沾自喜,更不肯大吹大擂地目空一切,作小家子气。剑拔弩张的,火辣辣的,不是学者的气息,学者是谦冲的,深藏若虚的。

学者风度,中外一理。不过以我们的学校制度以及设备环境而论,我们要继续不断地一批批地培养学者,似乎甚有困难。以文字训练来说,现代文、古文、外国文都极重要,缺一不可,这只是工具的训练，并不是学问本身，而我们的一般青年学子中能有几人粗备语言文字的根底？现在的大学很少有淘汰作用，一入大学，便注定可以毕业，敷衍松懈，在学问上无纪律之可言，上课钟点奇多，而每课都是稀松。到外国去留学的学生，一开学便叫苦连天，都说功课分量重，一星期上三门课便忙不过来。以此例彼，便可知我们的教育积弊之所在。我们的学者，绝大部分都是努力自修成功的，很少是学校机构培养出来的。这不是办法。国家不能等待着学者们自生自灭，国家需要有计划地培植青年学者，大量地生产，使之新陈代谢，日益精进。这不是一纸命令的事，也不是添设机构即可奏效，最要紧的莫过于稳定的生活与充足的设备。讲到学者的养成，所有的学术教育机构皆有责任。有人讥笑我们为文化沙漠，我们也大半自承学术气氛不足。须知现代的学者和从前不同，从前的人可以焚膏继晷皓首穷经，那时候的学术领域比较狭窄，现代的人做学问不能抱残守缺，需要图书馆实验室的良好设备来作辅助。我深感我们的高级学府培育人才，实际上是漫无目标，毕业出来的学生从事专门职业，则常嫌准备不足，继续研究做学问，则大部分根底也很差。这是很可虑的。

唐人自何处来

我二十二岁清华学校毕业,是年夏,全班数十同学搭"杰克逊总统"号由沪出发,于九月一日抵达美国西雅图。登陆后,暂息于青年会宿舍,一大部分立即乘火车东行,只有极少数的同学留下另行候车。预备到科罗拉多泉的有王国华、赵敏恒、陈肇彰、盛斯民和我几个人。赵敏恒和我被派在一间寝室里休息。寝室里有一张大床,但是光溜溜的没有被褥,我们二人就在床上闷坐,离乡背井,心里很是酸楚。时已夜晚,寒气袭人。突然间孙清波冲入室内,大声地说:

"我方才到街上走了一趟,我发现满街上全是黄发碧眼的人,没有一个黄脸的中国人了!"

赵敏恒听了之后,哀从中来,哇的一声大哭,趴在床上抽噎。孙清波回头就走。我看了赵敏恒哭的样子,也觉得有一股凄凉之感。二十几岁的人,不算是小孩子,但是初到异乡异地,那份感受是够刺激的。午夜过后,有人喊我们出发去搭火车,在车站看见黑人车侍提着煤油灯摇摇晃晃地喊着:"全都上车啊!全都上车啊!"

车过夏安,那是怀俄明州的都会,四通八达,算是一大站。从此换车南下便直达丹佛和科罗拉多泉了。我们在国内受到过警告,在美国火车上不可到餐车上用膳,因为价钱很贵,动辄数元,最好是沿站购买零食或下车小吃。在夏安要停留很久,我们就相偕下车,遥见小馆便去推门而入。我们选了一个桌子坐下,侍者送过菜单,我们拣价廉的菜色各自点了一份。在等饭的时候,偷眼看过去,见柜台后面坐着一位老者,黄脸黑发,像是中国人,又像是日本人。他不理我们,我们也不理他。

我们刚吃过了饭,那位老者踱过来了。他从耳朵上取下半截长的一支铅笔,在一张报纸的边上写道:"唐人自何处来?"

果然,他是中国人,而且他也看出我们是中国人。他一定是广东台山来的老华侨。显然他不会说国语,大概是也不肯说英语,所以开始和我们笔谈。

我接过了铅笔,写道:"自中国来。"

他的眼睛瞪大了,而且脸上泛起一丝笑容。他继续写道:"来此何为?"

我写道:"读书。"

这下子,他眼睛瞪得更大了,他收敛起笑容,严肃地向我们翘起了他的大拇指,然后他又踱回到柜台后面他的座位上。

我们到柜台边去付账。他摇摇头、摆摆手,好像是不肯收费,他说了一句话好像是:"统统是唐人呀!"

我们称谢之后刚要出门,他又喂喂地把我们喊住,从柜台下面拿出一把雪茄烟,送我们每人一支。

我回到车上,点燃了那支雪茄。在吞烟吐雾之中,我心里纳闷儿,这位老者为什么不收餐费?为什么奉送雪茄?大概他在夏安开个小餐馆,很久没看到中国人,很久没看到一群中国青年,更很久没看到来读书的中国青年人。我们的出现点燃了他的同胞之爱。事隔数十年,我不能忘记和我们做简短笔谈的那位唐人。

学问与趣味

前辈的学者常以学问的趣味启迪后生，因为他们自己实在是得到了学问的趣味，故不惜现身说法，诱导后学，使他们在愉快的心情之下走进学问的大门。例如，梁任公先生就说过："我是个主张趣味主义的人，倘若用化学化分'梁启超'这件东西，把里头所含一种元素名叫'趣味'的抽出来，只怕所剩下的仅有个零了。"任公先生注重趣味，学问甚是渊博，而并不存有任何外在的动机，只是"无所为而为"，故能有他那样的成就。一个人在学问上果能感觉到趣味，有时真会像是着了魔一般，真能废寝忘食，真能不知老之将至，苦苦钻研，锲而不舍，在学问上焉能不有收获？不过我尝想，以任公先生而论，他后期的著述如历史研究法、先秦政治思想史，以及有关墨子、佛学、陶渊明的作品，都可说是他的一点"趣味"在驱使着他，可是他在年轻的时候，从师受业，诵读典籍，那时节也全然是趣味吗？作八股文，作试帖诗，莫非也是趣味吗？我想未必。大概趣味云云，是指年长之后自动做学问之时而言，在年轻时候为学问打根底之际恐怕不能过分重视趣味。学问没有根底，趣味也很难滋生。任公先生的学问之所以那样博大精深，涉笔成趣，左右逢源，不能不说一大部分得力于他的学问根底之打得坚固。

我尝见许多年轻的朋友，聪明用功，成绩优异，而语文程度不足以达意，甚至写一封信亦难得通顺，问其故则曰其兴趣不在语文方面。又有一些位，执笔为文，斐然可诵，而视数理科目如仇雠，勉强才能及格，问其故则亦曰其兴趣不在数理方面，而且他们觉得某些科目没有趣味，便撇在一边视如敝屣，怡然自得，振振有词，略无愧色，好像这就是发扬趣味主义。殊不知天下没有没有趣味的学问，端视吾人如何发掘其趣味，如果在良师指导之下按部就班地循序而进，一步一步地发现新天地，当然乐在其中，如果浅尝辄止，甚至躐等躁进，当然味同嚼蜡，自讨没趣。一个有中上天资的人，对于普通的基本的文理科目，都同样地有学习的能力，绝不会本能地长于此而拙于彼。只有懒惰与任性，才能使一个人自甘暴弃地在"趣味"的掩护之下败退。

由小学到中学，所修习的无非是一些普通的基本知识。就是大学四年，所授课业也还是相当粗浅的学识。世人常称大学为"最高学府"，这名称易滋误解，好像过此以上即无学问可言。大学的研究所才是初步研究学问的所在，在这里做学问也只能算是粗涉藩篱，注重的是研究学问的方法与实习。学无止境，一生的时间都嫌太短，所以古人皓首穷经，头发白了还是在继续研究，不过在这样的研究中确是有浓厚的趣味。

在初学的阶段，由小学至大学，我们与其倡言趣味，不如偏重纪律。一个合理编列的课程表，犹如一个营养均衡的食谱，里面各个项目都是有益而必需的，不可偏废，不可再有选择。所谓选修科目也只是在某一项目范围内略有拣选余地而已。一个受过良好教育的人，犹如一个科班出身的戏剧演员，在坐科的时候他是要服从严格纪律的，唱功、作功、武把子都要认真学习，各种角色的戏都要完全谙通，学成之后才能各按其趣味而单独发展其所长。学问要有根底，根底要打得平正坚实，以后永远受用。初学阶段的科目之最重要的莫过于语文与数学。语文是阅读达意的工具，语文不通便很难表达自己，外国文不通便很难吸取外来的新知。数学是思想条理之最好的训练。其他科目也各有各的用处，其重要性很难强分轩轾，例如体育，从另一方面看也是重要得无以复加。总之，我们在求学时代，应该暂且把趣味放在一边，耐着性子接受教育的纪律，把自己锻炼成为坚实的材料。学问的趣味，留在将来慢慢享受一点也不迟。

• • •

禅家形容人开悟的三阶段，初看山是山、水是水，继而山不是山、水不是水，终乃山还是山、水还是水。

流行的谬论

有许多俚语俗谚,都是多少年下来的经验与智慧累积锻炼而成。简单的一句话,好像含着颠扑不破的真理。所以在言谈之间,常被摭引,有时候比古圣先贤的嘉言遗训还更亲切动人。由于时代变迁,曩昔的金言有些未必可以奉为圭臬,有些即使仍在流行,事实上也已近于谬论。如要举例,信手拈来就有下面几条:

一、树大自直

一个孩子,缺乏家教,或是父母溺爱,很易变成性情乖张,恣肆无礼，稍长也许还会沾染恶习，自甘堕落。常言道："三岁看小，七岁看老。"悲观的人就要认为这个孩子没有出息，长大了之后大概是败家子或社会上的蠹虫。有些人比较乐观（包括大多数父母在内），却另有想法："没关系，树大自直。""浪子回头千金不换"的故事不是常有所闻的吗？

树大会不会都能自直，我怀疑。山水画里的树很少是直的，多半是迤逦歪斜的，甚或是悬空倒挂的。"抚孤松而盘桓"，那孤松不歪不斜便很难去抚。景山上的那棵歪脖树，是天造地设的投缳殉国的装备，至今也没有直起来，当然，山上的巨木神木都是直挺挺地矗立着的，一片片的杉木林全是栋梁之材，也没有一棵是弯曲的。这些树不是长大了才变直，是生来就是直的。堂前栽龙柏，若无木架扶持，早晚会东歪西倒。

浪子回头的事是有的，但是不多，所以一有这种事情发生便被人传颂，算是佳话。浪子而不回头者则滔滔皆是，没有人觉得值得齿及，没出息的孩子变成有出息，我们可以举出许多例子，而没出息的孩子一直没出息到底则如恒河沙数。

树要修要剪，要扶要培。孩子也是一样。弯了的树不会自直，放纵坏了的孩子大概也不会自立。西谚有云："舍不得用板子，便会纵坏了孩子。"约翰逊博士不完全反对体罚，孩子的行为若是不正，在他身上肉厚的地方给几巴掌，他认为最是简捷了当的处理方法。

二、虱多不痒，债多不愁

晋王猛"扪虱而言，旁若无人"，固然是名士风流，无视权势。可是他的大布裈内长满了体虱（有无头虱阴虱我们不知道），那份奇痒难熬，就是没有多少经验的人也会想象得出。嵇康与山巨源绝交，也自称"性复多虱，把搔无已"，作为不堪"裹以章服揖拜上官"的理由之一。若说虱多不痒，天晓得！虱不生则已，生则繁殖甚速，孵化很快，虱愈多则愈痒，势必非"倩麻姑痒处搔"不可。

对许多人而言，借贷是寻常事。初次向人告贷，也许带有几分忸怩，手心朝上，"口将言而嗫嚅"。既贷到手，久不能偿，心头上不能不感到压力，不愁才怪！债愈多则压力愈大。债主逼上门来，无辞以对，处境尴尬，设若遇到索债暴徒，则不免当场出彩。也许有人要说，近有以债养债之说，多方接纳，广开债源，债额愈大，则借贷愈易，于是由小债而变成大债，挹彼注此，左右逢源，最后由大债而变成呆账，不了了之。殊不知这种缺德之事也不是人尽能为，其人必长袖善舞而且寡廉鲜耻，随时担着风险，若说他心里坦然，无忧无虑，恐亦不然。又有人说，逋不能偿，则走为上计。昔人有"债台高筑"之说。

所谓债台即是逃债之台。如今时代进步，欲逃债可以远走高飞，到异乡做寓公，不必自己高筑债台，何愁之有？殊不知人非情急，谁也不愿效狗急之跳墙。身在外邦，也要藏藏躲躲，见不得人，我猜想他的那种生活也不是一个愁字了得。

有虱必痒，债多必愁。

三、老天爷饿不死瞎家雀儿

有人真相信"天地之大德曰生"，对于一切有情之伦挣扎于濒死边缘好像是视若无睹。人间有无法糊口者，有生而残障者，有遭逢饥馑、旱涝蝗灾，辗转沟壑者。他认为不必着慌，"船到桥头自然直"，冥冥之中似有主宰，到头来大家都有饭吃。即使是一只瞎家雀也不会活生生地饿死。

谁说的！我在寒冷的北方就不止一次看到家雀从檐角坠下，显然是饥寒交迫而死，不过我没有去验它是否是瞎的。我记得哈代有一首诗，题曰《提醒者》，大意是说他在圣诞前夕正在准备过一个快乐的夜晚，忽见窗外寒枝之上落着一只小鸟，冻得直哆嗦，饿得啄食一个硬干果，一下子坠下去像个雪球似的死了。他叹道，我难得刚要快活一阵，你竟来提醒我生活的艰难困苦！这是典型的悲观主义者哈代的一首小诗，他大概不知道我们的那句俗话"老天爷饿不死瞎家雀儿"。麻雀微细不足道，但是看看非洲在旱灾笼罩之下，多少人都成了饿殍，白骨黄沙，惨不忍睹，是人谋不臧，还是天降鞠凶？人在情急的时候，无不呼天抢地，天地会一伸援手吗？有些地方旱魃肆虐，忽然大雨滂沱，大家额手相庆，感谢上苍，没有想到雨水滋润了干土，蝗虫的卵得以在地下孵化，不久就构成了蝗灾。老天爷是何居心？

天生万物，相克相杀，没有地方讲理去，老天爷管不了许多。

四、好的开始便是成功的一半

这句话是从外语翻译过来的，很多人常把这句话挂在嘴边。未尝不是一句善颂善祷的话，当事人听了觉得很受用。但是再想一下，一个辉煌的开始便是百分之五十成功的保证，天下有这等便宜事？

诗人雅荡："靡不有初，鲜克有终。"是比较平实的说话。我们国人做事擅长的一手是"五分钟热度"，在开始时候激昂慷慨，铺张扬厉，好像是要雷厉风行，但是过不了多久，渐渐一切抛在脑后，虽然口里高唱"贯彻始终"，事实上常是有始无终。

参加赛跑的人，起步固然要紧，但最后胜利却系于临终的冲刺。最近看我们的一个球队参加国际比赛，开始有板有眼，好一阵子一直领先,但是后继无力,终落惨败。好的开始似乎无关最后的成败。

五、眼不见为净

老早有人劝我别吃烧饼,说烧饼里常夹有老鼠屎,我不信。后来我好奇,有一天掰开烧饼看看,赫然一粒老鼠屎在焉。"一粒老鼠屎搅乱一锅粥!"从此我有了戒心,不敢常吃烧饼。偶然吃一次,必先掰开仔细看看。

有人笑我过分小心。他的理论是:我们每天吃的东西种类繁多,焉能一一亲自检视,大致不差也就是了,眼不见为净。人的肉眼本来所见有限,好多有毒的或无害的微生物都不是肉眼所能窥察得到的。眼见的未必净,眼不见的也未必不净。他这种说法好有一比,现代司法观念之一是:凡嫌犯之未能证实其为有罪之前,一律假设其为无罪。食物未经化验其为不净,似乎也可以认为它是净的。这种说话很危险,如果轻信眼不见为净,很可能吃下某些东西而受害不浅,重则致命,轻则缠绵病榻,伏枕呻吟。

科学方法建设在几项哲学假设上面,其中之一是假设物质乃普遍的一致。抽样检查之可靠性也是假设其全部品质都是一样的。我们除了信赖科学检验之外,别无选择。俗语说:"过水为净。"不失为可行,蔬菜水果之类多洗几遍即可减除其中残留的农药,不过食物不是都可以水洗的。

"眼不见为净"之说固不可盲从,所谓"没脏没净,吃了没病"之说简直是荒谬。

六、伸手不打笑脸人

笑脸是不常见的。常见的是面皮绷得紧紧的驴脸,可以刮下一层霜的冷脸,好像才吞了农药下去的苦脸,睡眠不足的或是劬劳瘠悴的病脸,再不就是满脸横肉的凶脸。所以我们偶然看见一张笑脸,不由得不心生喜悦。那笑脸也许不是生自内心而自然流露,也许是为了某种需要而强作笑颜。脸不必笑得像一朵花,只要面部肌肉稍为放松,嘴角稍为咧开一点,就会给人以相当的舒适感。我一向相信,笑脸是人际关系中可以通行无阻的安全证。即使人在盛怒之中,摩拳擦掌,但是不会去打一个笑脸人,他下不去手。

最近看了报上一则新闻,开始觉得笑脸并不一定能保障一个人的安全。赔笑脸有时还是免不了挨嘴巴,事属常有,我所见的这条新闻却不寻常。有一位不务正业而专走邪道的青年,有一天踉跄地回家,狼狈地伏在案头,一言不发。老母见状,不禁莞尔。这一笑,不打紧,不知年轻人是误会为讥笑、讪笑，或是冷笑，他上去对准老母胸前就是一拳。老母应拳而倒，一命归西！微微一笑引起致命的一拳。以后下文如何，不得而知。

人到了要伸手打人的时候，笑脸不但不足以御强拳，而且可以招致杀身之祸。但愿这是一条孤证。

七、吃一行，恨一行

"三百六十行，行行出状元。"这是说职业不分上下，每一行范围之内一个人只要努力，不愁不能出人头地做到顶尖的位置。这也是劝勉人各就岗位奋斗向上，不要一味地"这山望着那山高"。究竟行还是有高低，犹山之有高低。状元与状元不同。西瓜大王不能与钢铁大王比，馄饨大王也不能和煤油大王比。

每一行都有它的艰难困苦，其发展的路常是坎坷多舛的。投身到任何一个行当，只好埋头苦干。有人只看见和尚吃馒头，没看见和尚受戒，遂生羡慕别人之心，以为自己这一行只有苦没有乐，不但自己唉声叹气，恨自己选错了行，还会谆谆告诫他的子弟千万别再做这一行。这叫作"吃一行，恨一行"。

造出"吃一行，恨一行"这句话的人，其用心可能是劝勉大家安分守己，但是这句话也道出了无数人的无可奈何的心情。

其实干一行应该爱一行才对。因为没有一行没有乐趣,至少一件工作之完满地完成便是无上乐趣。很多知道敬业的人不但自己满足于他的行当,而且教导他的子弟步随他的踪迹,被人称为"克绍箕裘",其间没有丝毫恨意。

八、子不嫌母丑,狗不嫌家贫

狗是很聪明的动物,但不太聪明。乞丐挂着一根杖,提着一个钵,沿门求乞,一条瘦狗寸步不离地跟随着他。得到一些残肴剩炙,人与狗分而食之。但是狗不会离开他,不会看到较好的去处便去趋就,所以说狗不算太聪明,虽然它有那么一分义气。

在儿女的眼光里,母亲应该是最美、最可爱、最可信赖、最该受感激的一个人。人有丑的,母亲没有丑的。母亲可以老,但不会丑。从前有一首很流行的儿歌《乌鸦歌》,记得歌词是这样的:"乌鸦乌鸦对我叫,乌鸦真真孝。乌鸦老了不能飞,对着小鸦啼。小鸦朝朝打食归,打食归来先喂母。'母亲从前喂过我!'"这是借乌鸦反哺来劝孝的歌,但是最后一句"母亲从前喂过我"实在非常动人,没有失去人性的人回想起"母亲从前喂过我",再听了这句歌词,恐怕没有不心酸的。每个人大概都会为了他的母亲而感觉骄傲,谁会嫌他的母亲丑？

"狗不嫌家贫，子不嫌母丑"，话没有错。不过嫌贫爱富恐怕是人之常情，不嫌家贫这分美誉恐怕要让狗来独享下去。子嫌母丑的例子也不是没有。我就知道有两个例子，无独有偶。有两位受过所谓"高等教育"的人，家里宴见宾客，照例有两位衣服破敝的老妇捧茶出来，主人不予介绍，客人也就安然受之，以为那个老妪必是佣妇。久之才从侧面打听出来那老妪乃主人之生母。主人嫌其老丑，有失体面，认为见不得人，使之奉茶，废物利用而已。

狗不嫌家贫，并未言过其实。子不嫌母丑，对越来越多的人来说有变为谬论的可能。

需要一通情愫的时候,假纸笔代喉舌,
写个三行五行的短笺,岂不甚妙?

纯文学

纯文学一语可能是最早见于王国维《静安文集》，其言曰："'自谓颇挺出，立登要路津。致君尧舜上，再使风俗淳。'非杜子美之抱负乎？'胡不上书自荐达，坐令四海如虞唐。'非韩退之之忠告乎？'寂寞已甘千古笑，驰驱犹望两河平。'非陆务观之悲愤乎？如此者，世谓之大诗人矣。至诗人之无此抱负者，与夫小说、戏剧、图画、音乐诸家，皆以侏儒优倡自处，世亦以侏儒优倡畜之。所谓'诗外尚有事在'，'一命为文人便无足观'，我国人之金科玉律也。呜呼，美术之无独立之价值也久矣！此无怪历代诗人多托于忠君爱国劝善惩恶之意以自解免,而纯粹美术上之著述往往受世之迫害而无人为之昭雪者也。以是之故,所谓诗歌者则咏史、怀古、感事、赠人之题目弥满充塞于诗界,而抒情叙事之作十百不能得一,其有美术上之价值者,仅其写自然之美之一方面耳。甚至戏曲小说之纯文学,亦往往以惩劝为旨,其有纯粹美术上之目的者,世不惟不知贵,且加贬焉。故曰中国无纯文学也。"《静安文集》刊于光绪三十年(一九〇四年)。这一段文字所表现的见解,在今日观之固甚寻常,在七十多年前有此见解不能不说是独具慧眼。而且这看似寻常的见解在今日仍然颇堪玩味。

在西方文学里,首先使用"纯文学"这一名词的大概是法国的波德莱尔,在一篇论埃德加·爱伦·坡的文章里。在许多批评家看来,坡的诗及其理论都是属于"纯粹"一型,例如,乔治·摩尔(George Moore)就说过坡的诗"几乎没有思想成分在内",济慈的《秋》也是常被人提出作为纯诗的代表作之一。所谓"纯诗",是指一首诗其中没有:一、概念的陈述;二、教训的内容;三、道德的说教。也可指一首诗中除了用散文可以充分解释的资料之外所剩下来的那一部分。严格讲,所谓纯诗不是抒情便是写景。纯诗一定很短,因为情贵真挚深浓,其描写不可能拖得很长,仅是就一时目力所及或想象所及,亦无法敷成长篇。"纯诗运动"在十九世纪末的法国文坛上只是引起些微的涟漪而已。

后来称赞杜诗者,总是标举"致君尧舜上,再使风俗淳"之类的句子,总是感叹他的每饭不忘君的胸怀,其实这都是毫无关涉之论。杜工部在诗中表现出念念系属朝廷,时时瘤瘵像斯民的态度,这只足以证明其为人之忠诚大度,不足以证明其诗作之优美。诗人之所以异于非诗人者,不在于他的笃于伦纪,垂教万世,而在于他的发乎性情,沉郁顿挫。仇沧柱《〈杜少陵集详注〉自序》云:"昔之论杜者备矣,其最称知杜者莫如元稹、韩愈。稹之言曰:'上薄风骚,下该沈宋……铺沉终始,排比声韵……词气豪迈而风调清深,属对律切而脱弃凡近。'愈之言曰:'屈指都无四五人,独有工部称全美,当日诗人无拟伦,笔追清风洗俗耳,心夺造化回阳春,天光晴射洞庭秋,寒玉万顷清光流。二子之论诗可谓当矣。'"这一段话说得很好,这是把杜诗当作纯文学看,底下一转说,"然此犹未为深知杜者",底下紧接着"兴观群怨,迩事父而远事君"那一套。孔子至圣,我们没有什么可批评的。唯其文艺观念与我们所谓"纯文学"的观念实在相距很远,下开了载道之说的传统。仇沧柱的杜诗观没有超出这个传统的窠臼。王国维感慨中国没有纯文学的观念,也正是对着这个迂腐的传统而发。

戏剧就是戏剧。因为借戏剧可能略收移风易俗之效,所以一向被人视为社会教育工具之一。我们的旧式戏园，台上两支大柱照例有两条木质抱对，上面写着的无非是说忠劝孝、扬善惩恶的字眼。看戏的人谁能记得那些词句？看戏的人欣赏的是唱作旁白，感兴味的是其中的悲欢离合，甚而至于其中的打斗戏谑也能博人一粲。不过忠孝节义是我们的传统文化，已经成为定型，事实上也不悖于高贵的人性，所以在这一顶大帽子遮盖之下文艺仍可自由发展。

推行社会教育者尽管在戏园里推行社会教育，看戏的人看的仍然是戏，各行其是，并不相妨。唯独把政治信仰和经济主张来范围戏剧，情形就不同了。在缺乏自由的环境里，最难发展的是戏剧。

平心而论，文艺的领域广大，用途多端。纯文艺固然很好，载道亦无妨，用作武器也只好听便。不容否认的事实是，文学的基本任务是描写人性。譬如刀，其形状大小不一，可以切肉切菜，但是到了盗贼手里可以成为凶器，到了屠夫手里可以杀猪宰羊，到了刽子手的手里可以成为行刑的工具。我们很难说刀的任务一定是属于哪一范畴。不过，刀欲求其锋利则是可以公认的事。

纯文学不大可能成为长篇巨制，因为文学描写人性，势必牵涉到实际人生，也无法不关涉到道德价值的判断，所以文学作品很难做到十分纯的地步。西方所谓唯美主义，所谓"为艺术而艺术"，失之于褊狭，不能成为一代的巨流。

文学不够纯，不是大病，文学不得自由发展，才是致命伤。

万取千焉，千取百焉

读《孟子》，开卷第一节就有一句看不甚懂。

"上下交征利而国危矣！万乘之国，弑其君者，必千乘之家；千乘之国，弑其君者，必百乘之家。万取千焉，千取百焉，不为不多矣。苟为后义而先利，不夺不餍。"大意当然很明白，是在言义利之辨，但是"万取千焉，千取百焉，不为不多矣"，这句话怎么讲？看了各家注释，还是不大懂。

《幼狮学志》第十三卷第一期有李辰冬先生一篇文章《怎样开辟国学研究的直接途径》，劝大家不要走权威领导的路，他的意思是不要盲目地信从权威，要有自己的真知灼见。假如权威人物的话是对的，我们当然要服从他的领导，但是权威不一定永远对。李先生举了几例，其中之一正是我憋在心里好久的孟子这一句话。依李先生的见解，"自从赵岐注错以后，两千年来更改不过来"，宋朝孙奭的疏、朱熹的集注、清朝焦循的正义，皆未得要领。李先生认为："解决这个问题很容易，只要把孟子书中所用的'取'字做一归纳，看看孟子是怎样在用'取'字，这几句话马上就释然了。"于是李先生翻《孟子引得》："知道'取'有两种意思，一作'得'讲，一作'夺'讲。""万取千焉……"里的"取"字是作"夺"解。其结论是"万乘之国夺千乘之家，千乘之国夺百乘之家，这是上征利，正对上句'万乘之国，弑其君者必千乘之家……'而言，这是下弑上。'不为不多矣'……是指春秋战国时混乱的情形"。

我想李先生的解释大概是对的，因为这样解释上下文意才可贯通。所谓交征利，包括下与上争和上与下争两件事。李先生充分利用《引得》，决定"取"作"夺"解，其实"取"字本有此意。"取"字有好多意思，好多用法，在某处应作某种解释，就要靠读者细心体会，同时再参用李先生的统计法，就更容易有所领悟了。

但是我要指出另一点。孟子是有才气的人，程子说他"有些英气"，孟子七篇汪洋恣肆，锋利而雄浑，的确是好文章。

不过并不是句句都斟酌至当无懈可击。像"万取千焉，千取百焉……"这一句就有毛病，至少是写得不够明白。李辰冬先生说，孟子原文"语义多么清楚"！这一点我不大同意。如果原文语义清楚，赵岐便不至于误解。即使赵岐误解，也早该有人指出，何至于"糊涂了两千年"？即使大家都迷信权威，到如今我们说明其真义也就罢了，又何必借重《引得》，排比资料，然后才能寻绎其意？"万取千焉，千取百焉"这八个字确是含混，所以才使人糊涂了两千年。"不为不多矣"一句也不够清楚，到底是什么东西"不为不多"？是"万"不为不多，还是"千"不为不多，还是上征利的情形不为不多？原文没有交代清楚。

我们的古书常有因为文字过简而意义不清楚的地方，也有因为作者头脑有时未能尽合逻辑而意义含混的地方，我们不必为贤者讳。西人有句话："就是荷马也有打瞌睡的时候。"（Even Homer nods.）

漫谈读书

我们现代人读书真是幸福。古者，"著于竹帛谓之书"，竹就是竹简，帛就是缣素。书是稀罕而珍贵的东西。一个人若能垂于竹帛，便可以不朽。孔子晚年读《易》，韦编三绝，用韧皮贯联竹简，翻来翻去以至于韧皮都断了，那时候读书多么吃力！后来有了纸，有了毛笔，书的制作比较方便，但在印刷之术未行以前，书的流传完全是靠抄写。我们看看唐人写经，以及许多古书的抄本，可以知道一本书得来非易。自从有了印刷术、刻版、活字、石印、影印，乃至于显微胶片，读书的方便无以复加。

物以稀为贵。但是书究竟不是普通的货物。书是人类的智慧的结晶，经验的宝藏，所以尽管如今满坑满谷的都是书，书的价值不是用金钱可以衡量的。价廉未必货色差，畅销未必内容好。书的价值在于其内容的精到。宋太宗每天读《太平御览》等书二卷，漏了一天则以后追补，他说："开卷有益，朕不以为劳也。"这是"开卷有益"一语之由来。《太平御览》采集群书一千六百余种，分为五十五门，历代典籍尽萃于是，宋太宗日理万机之暇日览两卷，当然可以说是"开卷有益"。如今我们的书太多了，纵不说粗制滥造，至少是种类繁多，接触的方面甚广。我们读书要有抉择，否则不但无益而且浪费时间。

那么读什么书呢？这就要看各人的兴趣和需要。在学校里，如果能在教师里遇到一两位有学问的，那是最幸运的事，他能适当指点我们读书的门径。离开学校就只有靠自己了。读书，永远不恨其晚。晚，比永远不读强。有一个原则也许是值得考虑的：作为一个地道的中国人，有些书是非读不可的。这与行业无关。理工科的、财经界的、文法门的，都需要读一些蔚成中国文化传统的书。经书当然是其中重要的一部分，史书也一样的重要。盲目地读经不可以提倡，意义模糊的所谓"国学"亦不能餍现代人之望。一系列的古书是我们应该以现代眼光去了解的。

黄山谷说："人不读书，则尘俗生其间，照镜则面目可憎，对人则语言无味。"细味其言，觉得似有道理。事实上，我们所看到的人，确实是面目可憎、语言无味的居多。我曾思索，其中因果关系安在？何以不读书便面目可憎、语言无味？我想也许是因为读书等于是尚友古人，而且那些古人著书立说必定是一时才俊，与古人游不知不觉受其熏染，终乃收改变气质之功，境界既高，胸襟既广，脸上自然透露出一股清醇爽朗之气，无以名之，名之曰书卷气。同时在谈吐上也自然高远不俗。反过来说，人不读书，则所为何事，大概是陷身于世网尘劳，困厄于名缰利锁，五烧六蔽，苦恼烦心，自然面目可憎，焉能语言有味？

当然，改变气质不一定要靠读书。例如，艺术家就另有一种修为。"伯牙学琴于成连先生，三年不成。成连言吾师方子春今在东海中，能移人情。乃与伯牙偕往，到蓬莱山，留伯牙宿，曰：'子居习之，吾将迎师。'刺船而去，旬时不返。伯牙延望无人，但闻海水溦洞崩坼之声，山林窅冥，群鸟悲号，怆然叹曰：'先生将移我情。'乃援琴而歌，曲成，成连刺船迎之而返。伯牙之琴，遂妙天下。"这一段记载，写音乐家之被自然改变气质，虽然神秘，却不是不可理解的。禅宗教外别传，根本不立文字，靠了顿悟即能明心见性。这究竟是生有异禀的人之超绝的成就。以我们一般人而言，最简便的修养方法还是读书。

  书，本身就有情趣，可爱，大大小小形形色色的书，立在架上，放在案头，摆在枕边，无往而不宜。好的版本尤其可喜。我对线装书有一分偏爱。吴稚晖先生曾主张把线装书一律丢在茅厕坑里，这偏激之言令人听了不大舒服。如果一定要丢在茅厕坑里，我丢洋装书，舍不得丢线装书。可惜现在线装书很少见了，就像穿长袍的人一样的稀罕。几十年前我搜求杜诗版本，看到古逸丛书影印宋版蔡梦弼《草堂诗笺》，真是爱玩不忍释手，想见原本之版面大，刻字精，其纸张墨色亦均属上选。在校勘上笺注上此书不见得有多少价值，可是这部书本身确是无上的艺术品。

我最向往六朝人的短札，寥寥数语，意味无穷。

树犹如此

奥斯丁[1]的小说 *Sense and Sensibility* 里面的一个人物爱德华·佛拉尔斯说过这样的一句话:"我不喜欢弯曲的、扭卷的、受过摧残的树。如果它们长得又高又直,并且茂盛,我便更能欣赏它们。"我有同感。

在这亚热带的城市里住了二十多年,所看见的树令人觉得愉快的并不太多。椰子树、槟榔树,倒是又高又直,像电线杆子似的,又像是捽头的鸡毛帚,能说是树吗?难得看到像样子

---

[1] 即英国女作家简·奥斯丁(1775—1817),著有长篇小说《理智与情感》《傲慢与偏见》《爱玛》等。

的枝叶扶疏的树。有时候驱车经过一段马路看见两排重阳木,相当高大,很是壮观,顿时觉得心中一畅。龙柏、马尾松之类有时在庭园里也能看到,但多少总是罩上了一层晦气,是烟,是灰,是尘?一定要到郊外,像阳明山,才能看见娇翠欲滴的树,总像是刚被雨水洗过的样子。有一次登阿里山,才算是看见了真正健康的树,有茁壮的幼苗,有参天的古木,有腐朽的根株。在规模上和美国华盛顿州奥仑匹亚半岛的国家森林固不能比,但其原始的蛮荒的气味则殊无二致。稍有遗憾的是,凡大森林都嫌单调,杉就是杉,柏就是柏,没有变化。我们中国人看树,特别喜欢它的姿态,会心处并不在多。《芥子园画谱》教人画树,三株一簇,五株一簇,其中的树叶有圆圈,有个字,也有横点,说不出是什么树,反正是各极其妍。艺术模仿自然,自然也模仿艺术。要不然,我们怎会说某一棵树有画意,可以入画呢?但是树也不一定要虬曲蟠结才算是美。事实上,那些横出斜逸的树往往是意外所造成的,或是生在峭壁的罅隙里,或是经年遭受狂风的打击,所以才有那一副不寻常的样子。犹之人也有不幸而跛足驼背者。我们不能说只有畸形残废的才算是美。

盆栽之术,盛行于东瀛,实在是源于我国,江南一带的名园无不有此点缀。《姑苏志》:"虎丘人善于盆中植奇花异卉,盘松古梅,置之几案,清雅可爱,谓之盆景。"即使一个古色古香的盆子，种上一丛文竹，放在桌上，时有新条茁长，即很有可观，不要奇花异卉。比瓶中供养或插花之类要自然得多。曾见有人折下两朵红莲，插在一只长颈细腰的霁红瓶里，亭亭玉立，姿态绰约，但是总令人生不快之感，不如任它生长在淤泥之中。美人可爱，但不能像沙洛美似的把头切下来盛在盘子里。盆栽的工人通常用粗硬铁丝把小树的软条捆绕起来，然后弯曲之，使成各种固定的姿态，不仅像是五花大绑，而且是使铁丝逐渐陷入树皮之中的酷刑。树何曾不想挣脱羁绊，但是不得不屈服在暴力之下！而且那低头匍匐的惨状还要展览示众！

凡艺术作品，其尺寸大小自有其合理的限制。佛像的塑造或图画无妨尽量地大，因为其目的本来是要造成一种庄严威慑的气势，不如此，那些善男信女怎么五体投地地膜拜呢？活人则不然。普通人物画总是最多以不超过人之原有的尺寸为度。一个美人的绘像，无论如何不能与庙门口的四大金刚看齐。树和人一样，松柏之类天生的高耸参天，若是勉强它局促在一个盆子之内，它也能活，但是它未能尽其天性。我看过一盆号称千年古梅的盆景，确实是很珍贵，很难得，也很有趣，但是我总觉得它像是马戏团的侏儒。

清龚定庵写过一篇文章，题为《病梅馆记》。从前小学教科书语文课本里选过这篇文章，给人的印象很深。他有很多盆梅，都是加过人工的，他于心不忍，一一解其束缚，使能恢复正常之生长，因以"病梅馆"名其居。我手边没有龚定庵的集子，无从查考原文，因看到奥斯丁小说中之一语而联想及之。

第二章
人生忽如寄

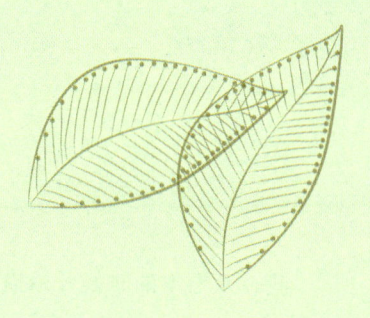

天地者万物之逆旅，人生本来如寄。

我在小学[1]

我在六七岁的时候开始描红模子,念字号儿。所谓"红模子"就是红色的单张字帖,小孩子用毛笔蘸墨把红字涂黑即可。帖上的字不外是"上大人孔乙己化三千……""一去二三里,烟村四五家……"以及"王子去求仙丹成上九天……"之类。描红模子很容易描成墨猪,要练得一笔下去就横平竖直才算得功夫。所谓"字号儿"就是小方纸片,我父亲在每张纸片上写一个字,每天要我认几个字,逐日复习。后来书局印售成盒的"看

---

[1] 选自台湾传记文学出版社1985年出版的《秋室杂忆》。

图识字",一面是字,一面是画,就更有趣了,我们弟兄姊妹一大群,围坐在一张炕上的矮桌周边写字认字,有说有笑。有一次我一拱腿,把炕桌翻到地上去。母亲经常坐在炕沿上,一面做活计,一面看着我们,身边少不了一把炕笤帚,那笤帚若是倒握着在小小的脑袋上敲一记是很痛的。在那时体罚是最简截了当的教学法。

不久,我们住的内政部街西口内路北开了一个学堂,离我家只有四五个门。校门横楣有砖刻的五个"福字",故称之为"五福门"。后院有一棵合欢树,俗称马缨花,落花满地,孩子们抢着拾起来玩,每天早晨谁先到校就可以捡到最好的花,我有早起的习惯,所以我总是拾得最多。有一天我一觉醒来,窗棂上有一格已经有了阳光,急得直哭,母亲匆忙给我梳小辫,打发我上学,不大工夫我就回转了,学堂尚未开门。在这学堂我学得了什么已不记得,只记得开学那一天,学生们都穿戴一色的缨帽呢靴站在院里,只见穿戴整齐的翎顶袍褂的提调学监们摇摇摆摆地走到前面,对着至圣先师孔子的牌位领导全体行三跪九叩礼。

在这个学堂里浑浑噩噩地过了一阵。不知怎么,这学校关门大吉。于是家里请了一位教师,贾文斌先生,字宪章,密云县人，口音有一点怯，是一名拔贡[1]。我的二姊、大哥和我三个人在西院书房受教于这位老师。所用课本已经是新编的语文教科书，从"人、手、足、刀、尺"起，到"一人二手，开门见山"，以至于"司马光幼时……"《三字经》《百家姓》《千字文》这一段就没有经历过。贾老师的教学法是传统的"念背打"三部曲，但是第三部"打"从未实行过。不过有一次我们惹得他生了大气，那是我背书时背不出来，二姊偷偷举起书本给我看，老师本来是背对着我们的，陡然回头撞见，气得满面通红，但是没有动用桌上放着的精工雕刻的一把戒尺。还有一次也是二姊惹出来的，书房有一座大钟，每天下午钟鸣四下就放学，我们时常暗自把时针向前拨快十来分钟。老师渐渐觉得座钟不大可靠，便利用太阳光照在窗纸上的阴影用朱笔画一道线，阴影没移到线上是不放学的。日久季节变幻阴影的位置也跟着移动，朱笔线也就一条条地多。二姊想到了一个方法，趁老师不在屋里替他加上一条线，果然我们提早放学了，试行几次之后又被老师发现，我们都受了一顿训斥。

民国前两年，我和大哥进了大鹁鸽市的陶氏学堂。"陶"是陶端方，在当时是清政府里的一位比较有知识的人，对于金

---

[1] 拔贡，科举考试中贡入国子监的生员之一种。

石颇有研究,而且收藏甚富,历任要职,声势煊赫,还知道开办洋学堂,很难为他了。学堂之设主要的是为教育他的家族子弟,因为他家人口众多,不过也附带着招收外面的学生,收费甚昂,故有贵族学堂之称。父亲要我们受新式教育,所以不惜学费负担投入当时公认最好的学校,事实上却大失所望。所谓新式的洋学堂,只是徒有其表。我在这学堂读了一年,可以说什么也没有学到,除非是让我认识了一些丑恶腐败的现象。

陶氏学堂是私立贵族学堂,陶氏子弟自成特殊阶级原无足异,但是有些现象却是令人难以置信的。陶氏子弟上课时随身携带老妈子,听讲之间可以唤老妈子外出买来一壶酸梅汤送到桌下慢慢饮用。听先生讲书,随时可以写个纸条,搓成一个纸团,丢到老师讲台上去,代替口头发问,老师不以为忤。陶氏子弟个个恣肆骄纵,横冲直撞,记得其中有一位名陶栻者,尤其飞扬跋扈。他们在课堂内外,成群地呼啸出入,动辄动手打人,大家为之侧目。

语文老师是一位南方人,已不记得他的姓名,教我们读《诗经》。他根据他的祖传秘方,教我们读,教我们背诵,就是不讲解,当然即使讲解也不是儿童所能领略的。他领头扯着嗓子喊"击鼓其镗",我们全班跟着喊"击鼓其镗",然后我们一句句地循声朗诵"踊跃用兵,土国城漕,我独南行"。他老先生喉咙哑了，便唤一位班长之类的学生代他吼叫。一首诗朗诵过几十遍，深深地记入在我们的脑子里，迄今有些诗我能记得清清楚楚。脑子里记若干首诗当然是好事，但是付了多大的代价！一部分童时宝贵的光阴就是这样耗去的！

有趣的是体操一课。所谓体操，就是兵操。夏季制服是由帆布制的，草帽、白线袜、黑皂鞋。裤腿旁边各有一条红带，衣服上有黄铜纽扣。辫子则需盘起来扣在草帽底下。我的父母瞒着祖父母给我们做了制服，因为祖父母的见解是属于更老一代的，他们无法理解在家里没丧事的时候孩子们可以穿白衣白裤。因此我们受到严重警告，穿好操衣之后要罩上一件竹布大褂，白色裤脚管要高高地卷起来，才可以从屋里走到院里，下学回家时依然要偷偷摸摸溜到屋里赶快换装。在民元以前我平时没有穿过白衣白裤。

武昌起义，鼙鼓之声动地而来，随后端方遇害，陶氏学堂当然立即瓦解，陶氏子弟之在课堂内喝酸梅汤的那几位以后也不知下落如何了。这时节，祖父母相继逝世，父亲做了一件大事：全家剪小辫子。在剪辫子那一天，父亲对我们讲了一大套话，平素看的《大义觉迷录》《扬州十日记》供给他不少愤慨的资料，我们对于这污脏麻烦的辫子本来就十分厌恶，巴不得把它齐根剪去，但是在发动并州快剪之际，我们的二舅爹爹还忍不住泫然流涕。民国成立,薄海腾欢,第一任正式大总统项城袁世凯先生不愿到南京去就职,嗾使第三镇曹锟驻禄米仓部队于阴历正月十二日夜晚兵变,大烧大抢,平津人民遭殃者不计其数。我亦躬逢其盛。兵变过后很久,家里情形逐渐稳定,我才有机会进入公立第三小学。

公立第三小学在东城根新鲜胡同,是当时办理得比较良好的学校,离我家又近,所以父亲决定要我和大哥投入该校。校长赫杏村先生,旗人,精明强干,声若洪钟。我和大哥都编入高小一年级,主任教师是周士棻先生,号香如,山西人,年纪不大,约三十几岁,但是蓄了小胡子,道貌岸然。周先生是我真正的启蒙业师。他教我们语文、历史、地理、习字。他的教学方法非常认真负责。在史地方面于课本之外另编补充教材,每次上课之前密密匝匝地写满了两块大黑板,要我们抄写,月终呈缴核阅。例如历史一科,鸿门之宴、垓下之围、淝水之战、安史之乱、黄袍加身、明末三案,诸如此类的史料都有比较详细的补充。材料很平常,可是他肯费心讲授,而且不占用上课时间去写黑板。对于习字一项,他特别注意。他用黑板槽里积存的粉笔屑,和水作泥,用笔蘸着写字在黑板上作为示范,灰泥干了之后显得特别的黑白分明,而且粗细停匀,笔意毕现,周老师的字属于柳公权一派,瘦劲方正。他要我们写得横平竖直，规规矩矩。同时他也没有忽略行草的书法，我们每人都备有一本草书千字文拓本，与楷书对照。我从此学得初步的草书写法，其中一部分终身未曾忘。大字之外还要写"白折子"，折子里面夹上一张乌丝格，作为练习小楷之用。他知道我们小学毕业之后能升学的不多，所以在此三年之内基础必须打好，而习字是基本技能之一。

周老师也负起训育的责任，那时候训育叫作修身。我记得他特别注意生活上的小节，例如纽扣是否扣好，头发是否梳齐，以及说话的腔调，走路的姿势，无一不加指点。他要求于我们的很多，谁的笔记本子折角卷角就要受申斥。我的课业本子永远不敢不保持整洁。老师本人即是一个榜样。他布衣布履，纤尘不染，走起路来目不斜视，迈大步昂首前进，几乎两步一丈，讲起话来和颜悦色，但是永无戏言。在我们心目中他几乎是一个完人。我父亲很敬重周老师的为人，在我们毕业之后特别请他到家里为我的弟弟妹妹补课多年，后来还请他租用我们的邻院作为我们的邻居。我的弟弟妹妹都受业于周老师，至少我们写的字都像是周老师的笔法。

小学有英文一课，事实上我未进小学之前就已开始从父亲学习英文了。我父亲是同文馆第一期学生，所以懂些英文，庚子年乱起辍学的。小学的英文老师是王德先生，字仰臣。我们用的课本是《华英初阶》，教授的方法是由拼音开始，ba、be、bi、bo、bu，然后就是死背字句，记得第三课就一句：Is he of us?（彼乃我辈中人否？）这一句我背得滚瓜烂熟。老师一提："Is he of us?"我马上就回答出："彼乃我辈中人否？"老师大为惊异，其实我在家里早已学过了。这样教学的方法使初学英文的人费时很多，但未养成初步的语言习惯，实在是精力的浪费。后来老师换了一位程朴洵先生，是一位日本留学生，有时穿着半身西装，英语发音也比较流利正确一些。我因为预先学过一些英文，所以在班上特感轻松，老师也特别嘉勉。临毕业时程老师送我一本原版的麦考莱[1]的《英国史》，这本书当时我还不能看懂，后来却也变成对我有用的一本参考书。

体操老师锡福先生，字辅臣，旗人。他有一副苍老而沙哑的喉咙，喊起"立正""稍息""枪上肩""枪放下"的时候很是威风。排起队来我是末尾，排头的一位有我两个高。老师特别喜欢我们这一班，因为我们平常把枪擦得亮，服装整齐一些，而且开正步的时候特别用力，踏地作响，给老师作面子。学校在新鲜胡同东口路南，操场在西口路北，我们排队到操场去的时候精神抖擞，有时遇到操场上还有别班同学上操未散，

---

[1] 英国历史学家、作家麦考莱（1800—1859），自由党人、下院议员。著有《詹姆士二世登极后的英国史》（五卷），即文中所提及的《英国史》。

我们便更着力操演，逼得其他各班只有木然呆立、瞠目赞叹的份儿。半小时体操后，时常是踢足球，操场不画线，竖起竹竿便是球门，一半人臂缠红布，笛声一响便踢起球来，高头大马横冲直撞，像我这样的只能退避三舍以免受伤。结果是鸣笛收队皆大欢喜。

我的算术，像"鸡兔同笼"一类的题目我认为是专门用来折磨孩子的，因为我当时想鸡兔是不会同笼的，即使同笼亦无须又数头又数脚，一眼看上去就会知道是几只鸡几只兔。现在我当然明白，是我自己笨，怨不得谁。手工课也不容易应付，不是抟泥，就是削竹，最可怕的是编纸，用修脚刀把彩色纸画出线条，然后再用别种彩色纸条编织上去，真需要鬼斧神工，在这方面常常由我的大姊帮忙。教手工的老师患严重口吃，结结巴巴地惹人笑。教理化的李秉衡老师，保定府人，曾经表演氢二氧一变成水，水没有变出来，玻璃瓶炸得粉碎，但是有一次却变成功了。有一次表演冷缩热胀，一只烧得滚烫的铜珠，被一位多事的同学伸手抓了起来，烫得满手掌溜浆大泡。教唱歌的是一位时老师，他没有歌喉，但是会按风琴，他教我们唱的《春之花》，我至今不能忘。

有一次远足是三年中一件大事。事先筹划了很久，决定目的地为东直门外的自来水厂。这一天特别起了个大早，晨曦未上就赶到了学校，大家啜柳叶汤果腹，柳叶汤就是细长菱形薄面片加菜煮成的一种平民食品，但这是学校里难得一遇的旷典，免费供应，大家都很高兴，有人连罄数碗。不知是谁出的主意，向步军统领衙门借了六位喇叭手，改着我们学校的制服，排在我们队伍前面开道，六只亮晶晶的喇叭上挂着红绸彩，嘀嘀嗒嗒地吹起来，招摇过市，好不威风！由新鲜胡同走到东直门外，有四五里之遥，往返将近十里。自来水厂没有什么可看的，虽然那庞大的水池水塔以前都没有见过。这是我第一次徒步走出北京城墙，有久困出柙之感。午间归来，两腿清酸。下次作文的题目是《远足记》，文章交卷，此一盛举才算是功德圆满。

我们一班二十几个人，如今音容笑貌尚存脑海者不及半数，姓名未忘者更是寥寥可数了。年龄最大、身体最高的是一位名叫连祥的同学，约在二十开外，浓眉大眼、膀大腰圆，吹喇叭、踢足球都是好手，脑袋后面留着一根三寸多长的小辫，用红绳扎紧，挺然翘然地立在后脑勺子上，像是一根小红萝卜。听说他以后当步兵去了。一位功课好而态度又最安详的是常禧，后来冠姓栾，他是我们的班长，周老师很器重他，后来听周老师说他在江西某处任商务印书馆分馆经理。还有岳廉识君，后来进了交通部。我们同学绝大部分都是贫寒子弟，毕业之后各自东西，以我所知道的有人投军，有人担筐卖杏，能升学的极少。

我们在校的时候都相处得很好，有两种风气使我感到困惑。一个是喜欢打斗，动辄挥拳使绊，闹得桌翻椅倒。有一位同学长相不讨人喜欢，满脸疙瘩噜苏，绰号"小炸丸子"，他经常是几个好闹事的同学欺弄的对象，有多少次被抬到讲台桌上，手脚被人按住，有人扯下他的裤子，大家轮流在他裤裆里吐一口痰！还有一位同学名叫马玉岐，因为宗教的关系饮食习惯与别人不同，几个不讲理的同学便使用武力强迫他吃下他们不吃的东西，经常要酿出事端。在这样尚武的环境之中我小心翼翼，有时还不能免于受人欺凌。自卫的能力之养成，无论是斗智还是斗力，都需要实际体验，我相信我们的小学是很好的训练场所。另一件使我困惑的事是大家之口出秽言的习惯。有些人各自秉承家教，不只是"三字经"常挂在嘴边，高谈阔论起来其内容往往涉及"素女经"，而且有几位特别大胆的还不惜把他在家中所见所闻的实例不厌其详地描写出来。讲的人眉飞色舞，听的人津津有味。学校好几百人共用一个厕所，其环境之脏可想，但是有些同学入厕之后其嘴巴比那环境还脏。所以我视如厕为畏途。性教育在一群孩子中间自由传播，这种情形当时在公立小学为尤甚，我是深深拜受其赐了。

  我在第三小学读了三年，每天早晨和我哥哥步行到校，无间风雪。天气不好的时候要穿家中自制的带钉的油鞋，手中举着雨伞，途中经常要遇到一只恶犬，多少要受到骚扰，最好的时候是适值它在安睡，我们就悄悄地溜过去了，那时我不明白为什么有人要养狗并且纵容它与人为难。内政部门口站岗的巡捕半醒半睡地拄着上刺刀的步枪靠在墙垛上，时常对我们颔首微笑，我们觉得受宠若惊，久之也搭讪着说两句话。出内政部街东口往北转，进入南小街子，无分晴雨永远有泥泞车辙，其深常在尺许。街边有羊肉床子，时常遇到宰羊，我们就驻足而视，看着绵羊一声不响地引颈就戮。羊肉包子的味道热腾腾地四溢。卖螺丝转儿油鬼的、卖甜浆粥的、卖烤白薯的、卖糖耳朵的，一路上左右皆是。再向东一转就进入新鲜胡同了，一眼可以望得见城墙根，常常看见有人提笼架鸟从那边溜达着过来。这一段路给我的印象很深，二十多年后我再经过，这条街则已变为坦平大道，面目全非，但是我还是怀念那久已不复存在的湫隘的陋巷。我是在这些陋巷中长大的，这是我的故乡。

民国四年我毕业的时候，主管教育的京师学务局（局长为德彦）令饬举行会考，把所有各小学应届毕业的学生三数百人聚集在我们第三小学，考语文、习字、图画数科，名之曰观摩会，事关学校荣誉，大家都兴奋。语文试题记得是《诸生试各言尔志》，事有凑巧，这个题目我们以前作过，而且以前作的时候好多同学都是说将来要"效命疆场，马革裹尸"。我其实并无意步武马援,但是我也摭拾了这两句豪语。事后听主考的人说,第三小学的一班学生有一半要"马革裹尸",是佳话还是笑谈也就很难分辨了。我在打草稿的时候,一时兴起,使出了周老师所传授的草书千字文的笔法,写得虽然说不上龙飞凤舞,却也自觉得应手得心,正赶上局长大人亲自监考经过我的桌旁,看见我写的好大个的草书,留下了特别的印象。图画考的是自由画,我们一班最近画过一张松鹤图,记忆犹新,大家不约而同地依样画葫芦,斜着一根松枝,上面立着一只振翅欲飞的仙鹤,章法不错。我本来喜欢图画,父亲给我的《芥子园画谱》也发生了作用,我所画的松鹤图总算是尽力为之了。榜发之后,我和哥哥以及栾常禧君都高居榜首,荣誉属于第三小学。我得到的奖品最多,是一张褒奖状、一部成亲王的巾箱帖、一个墨盒、一副笔架以及笔墨之类。

"小时了了,大未必佳。"如今想想这话颇有道理。

良辰美景，赏心乐事，随处皆是。雨有雨的趣，晴有晴的妙，小鸟跳跃啄食，猫狗饱食酣睡，哪一样不令人看了觉得快乐？

记得当时年纪小

我十岁的时候进高小,北京朝阳门内南小街新鲜胡同京师公立第三小学校。越是小时候的事情,越是记得清楚。前几年一位无名氏先生寄我一张第三小学的大门口的照片,完全是七十多年前的样子,一点也没变。我看了之后,不知是欢喜还是惆怅,总之是别有一番滋味在心头。我猜想到这位无名氏先生是谁,因为他是我的第三小学的同学,虽然先后差了好几十年。我曾写过一篇小文《我在小学》,收在《秋室杂忆》里,提到教我唱歌的时老师。现在再谈谈我小时候唱歌的情形。

我的启蒙的第一首歌是《春之花》。调子我还记得，还能哼得上来，歌词却记不得了。头两句好像是："春光明媚好花开，如诗如画如锦绣。"唱歌是每周一小时，总在下午，摇铃前两名工友抬进教室一架小小的风琴。当时觉得风琴是很奇妙的东西，老师用两脚踏着两块板子，鼓动风箱，两手按键盘，其声呜呜然，成为各种调子。《春之花》的调子很简单，记得只有六句，重叠反复，其实只有三句，但是很好听。老师扯着沙哑的嗓音，先唱一遍，然后他唱一句，全班跟着唱一句，然后再全首唱一遍，全班跟着全首唱一遍。唱过三五遍，摇铃下课了，校工忙着把风琴抬出去。这风琴是一宝，各班共用，学生们不准碰一下的。

唱歌这一堂课最轻松，课前不要准备，扯着喉咙吼就行。老师也不点名，也不打分数考试。唱歌和手工一课都是我们最欢迎的，而且老师都很和蔼。

有一首歌，调子我也记得，歌词记得几句，是这样开始的：

亚人应种亚洲田，

黄种应享黄海权，

青年，青年，

切莫同种自相残，

坐教欧美着先鞭！

不怕死，不爱钱，

丈夫决不受人怜。

这首歌声调比《春之花》雄壮，唱起来蛮有劲的，但是不大懂词的意义。是谁"同种相残"？这歌是日本人作的，还是中国人作的，用意何在？怎么又冒出"不怕死，不爱钱"的话？何谓"不受人怜"？老师不讲解，学生也不问，我一直糊涂至今。但是这首歌我忘不了。

还有所谓军歌，也是学生们喜欢学着唱的。当时有些军队驻扎在城里，东城根儿禄米仓就是一个兵营，一队队的兵常出来在大街小巷里快步慢步地走，一面走还一面唱。我是一放学就回家，不在街上打滚，所以很少遇到队伍唱歌，可是间接地也听熟了军歌的几个片段，如：

三国战将勇，

首推赵子龙，

长坂坡前逞英雄。

还有张翼德，

他奶奶的硬是凶，

> 哇啦哇啦吼两声，
> 吓退了百万兵。

歌词很粗浅，合于一般大兵的口味，也投小学生的喜爱，我常听同学们唱军歌，自己也不禁地有时哼两句。

我十四岁进清华中等科，一年级还有音乐，好像是一种课外活动。教师是一位美国人，Miss Seeley，风姿绰约，是清华园里出色的人物。她教我们唱歌，首先是唱校歌，校歌是英文，也有中译，但是从来没有人用中文唱校歌。我不喜欢用英文唱校歌，所以至今我记不得怎样唱了。可是我小时嗓音好，调门高，经过测验就被选入幼年歌唱团，有一次还到城里青年会做过公开演唱会。同班的应尚能有音乐天才，唱低音，那天在青年会他涂黑了脸饰一黑人，载歌载舞，口里唱着——

> It's nice to get up
> Early in the morning？
> But, it's nicer
> to lie in bed.

满堂喝彩，掌声如雷，那盛况至今如在目前。我不久倒嗓暗哑不成声,遂对唱歌失去兴趣。有些同学喜欢星期日参加一些美国教师家里的查经班,于是 Onward Christian Soldiers, Marching as to War……之类的歌声洋洋乎盈耳。"一百零一首名歌"在清华园里也不时地荡漾起来。这皆非我之所好。我乃渐渐地成为兰姆所谓"没有耳朵的人"。

抗战时期,我已近中年,中年人还唱什么歌?寓处附近有小学,小学生的歌声不时地传送过来。像"起来,不愿做奴隶的人们"那首进行曲,听的回数太多了,没人教也会唱。还有一首歌我常听小学生们唱,我的印象很深:

张老三,我问你:
你的家乡在哪里?
我的家,在山西,
过河还有二十里。
张老三,我问你:
种田还是做生意?

这样的一问一答,张老三终于供出他是布商,而且囤积了不少布匹,获得不少暴利,于是这首歌的最后几句是:

一大批，一大批，
囤积在家里。
你是坏东西，
你真该枪毙！

这首歌大概对于囤积居奇的奸商以及一般人士发生不小的影响。

抗战时期也有与抗战无关的歌大为流行。例如，《教我如何不想她》，虽说是模仿旧曲《四季相思》的意思，格调却是新的，抑扬顿挫，风靡一时。使我最难忘的是《记得当时年纪小》一首小歌，作者黄自是清华同学。我学唱这首歌是在一个温暖的季秋时节，在重庆南岸海棠山坡上，经朋友指点，反复唱了好几遍，事隔数十年，仍然萦绕在耳边。

上文发表后，引起几位读者兴趣，或来书指正，或予补充。

平群先生和刘济华先生分别告诉我《黄族应享黄海权》那首歌的全本是这样写的：

黄种应享黄海权，
亚人应种亚洲田。
青年，青年，切莫同种自相残，

生教欧美着先鞭!
不怕死,不爱钱,
丈夫决不受人怜。
纵洪水滔天,
只手挽狂澜,
方不负石磬铁砚,
后哲先贤!

我还是不大懂,教儿童唱这样的歌是什么意思。有一位来信说此歌是"九一八"以后日本人作的,我想恐怕不对,此歌流行甚早,"九一八"是二十多年后的事。不过我也疑心到此歌作者用心不善。

小民女士来信补充了《三国战将勇》那首军歌的好几句,但是全文她也记不得了。

我最大的错误是关于《张老三》那首歌。杨法先生来信说,《张老三》是抗战名曲《河边对口唱》,全文如下:

[对唱] 张老三,我问你,你的家乡在哪里?
我的家,在山西,过河还有三百里。
我问你,在家里,种田还是做生意?

拿锄头，耕田地，种的高粱和玉米。
为什么，到此地，河边流浪受孤凄？
痛心事，莫提起，家破人亡无消息。
张老三，莫伤悲，我的命运不如你。
为什么，王老七，你的家乡在何地？
在东北，做生意，家乡八年无消息。
这该说，我和你，都是有家不能回。
[合唱]仇和恨，在心里，奔腾如同黄河水！
黄河边，定主意，咱们一同打回去！
为国家，当兵去，太行山上打游击！
从今后，我和你，一同打回老家去！

据杨先生说这歌曲是《黄河大合唱》中的一段，乃光未然（张光年）作词，冼星海作曲，于民国二十八年在延安完成，此曲在台湾为禁歌。显然的不是我文中所谓打击囤积的奸商的歌，我之所以有此错误，乃因这不是我童年唱过的歌，而是后来听孩子们常唱的，其歌唱的调子又好像和那打击奸商的歌有些相近，所以我就把两首歌连在一起了。

我的女儿文蔷来信告诉我，打击奸商的歌她是唱过的，其歌词大概是这样的——

你，你，你，你这个坏东西，

市面上日常用品不够用，

你一大批，一大批，囤积在家里！

只为你，发财肥自己，

别人的痛苦你全不理，

你这坏东西，你这坏东西，

真是该枪毙！

嗨！你这坏东西！

嗨！你真该枪毙！

一九八六年十二月十八日补记。

一九七六年四月四日《中华日报·副刊》王令娴女士一篇文章也提到《你这个坏东西》这首歌，记得更完全，如下：

你，你，你，

你这个坏东西！

市面上日常用品不够用哟，

你一大批，一大批，

囤积在家里。

只管你发财，肥了自己，

小的地方肯让，大的地方才会与人无争。

别人的痛苦，你是全不理。

坏东西，坏东西，

囤积居奇，捣乱金融，破坏抗战。

都是你！

你的罪名和汉奸一样的。

别人在抗战里，

出钱又出力哟！

只有你，整天地在钱上打主意。

想一想，你自己，

是要钱做什么呢！

到头来你一个钱也带不进棺材里。

你这个坏东西！

清华八年[1]

一

我自民国四年进清华学校读书,民国十二年毕业,整整八年的工夫在清华园里度过。人的一生没有几个八年,何况是正在宝贵的青春?四十多年前的事,现在回想已经有些模糊,如梦如烟,但是较为突出的印象则尚未磨灭。有人说,人在喜欢开始回忆的时候便是开始老的时候。我现在开始回忆了。

---

[1] 选自《秋室杂忆》。

民国四年，我十四岁，在北京新鲜胡同京师公立第三小学毕业，我的父亲接受朋友的劝告要我投考清华学校。这是一个重大的决定，因为这个学校远在郊外，我是一个古老的家庭中长大的孩子，从来没有独自在街头闯荡过，这时候要捆起铺盖到一个陌生的地方去住，不是一件平常的事，而且在这个学校经过八年之后便要漂洋过海离乡背井到新大陆去负笈求学，更是难以设想的事。所以父亲这一决定下来，母亲急得直哭。

清华学校在那时候尚不大引人注意。学校的创立乃是由于民国纪元前四年美国老罗斯福总统决定退还庚子赔款半数指定用于教育用途，意思是好的，但是带着深刻的国耻的意味。所以这学校的学制特殊，事实上是留美预备学校，不由教育部管理，校长由外交部派。每年招考学生的名额，按照各省分担的庚子赔款的比例分配。我原籍浙江杭县，本应到杭州去应试，往返太费事，而且我家寄居北京很久，也可算是北京的人家，为了取得法定的根据起见，我父亲特赴京兆大兴县署办理入籍手续，得到准许备案，我才到天津（当时直隶省会）省长公署报名。我的籍贯从此确定为京兆大兴县，即北京。北京东城属大兴，西城属宛平。

那一年直隶省分配名额为五名，报名应试的是三十几个人，初试结果取十名，复试再遴选五名。复试由省长朱家宝亲自主持，此公素来喜欢事必躬亲，不愿假手他人，居恒有一颗闲章，文曰"官要自作"。我获得初试入选的通知以后就到天津去谒见省长。十四岁的孩子几曾到过官署？大门口的站班的衙役一声吆喝，吓我一大跳，只见门内左右站着几个穿宽袍大褂的衙役垂手肃立，我逡巡走近二门，又是一声吆喝，然后进入大厅。十个孩子都到齐，有人出来点名。静静地等了一刻钟，一位面团团的老者微笑着踱了出来，从容不迫地抽起水烟袋，逐个地盘问我们几句话，无非是姓甚、名谁、几岁、什么属性之类的谈话。然后我们围桌而坐，各有毛笔纸张放在面前，写一篇作文，题目是《孝悌为人之本》。这个题目我好像从前作过，于是不假思索援笔立就，总之是一些陈词滥调。

过后不久榜发，榜上有名的除我之外有吴卓、安绍芸、梅贻宝及一位未及入学即行病逝的应某。考取学校总是幸运的事，虽然那时候我自己以及一般人并不怎样珍视这样的一个机会。

就是这样我和清华结下了八年的缘分。

二

八月末，北京已是初秋天气，我带着铺盖到清华去报到，出家门时母亲直哭，我心里也很难过。我以后读英诗人Cowper

的传记时之特别同情他,即是因为我自己深切体验到一个幼小的心灵在离开父母出外读书时的那种滋味——说是"第二次断奶"实在不为过。第一次断奶,固然苦痛,但那是在孩提时代,尚不懂事,没有人能回忆自己断奶时的懊恼,第二次断奶就不然了,从父母身边把自己扯开,在心里需要一点气力,而且少不了一阵辛酸。

清华园在北京西郊外的海淀的西北。出西直门走上一条漫长的马路,沿途有几处步兵统领衙门的"堆子",清道夫一铲一铲地在道上洒黄土,一勺一勺地在道上泼清水,路的两旁是铺石的路,专给套马的大敞车走的。最不能忘的是路边的官柳,是真正的垂杨柳,好几丈高的丫杈古木,在春天一片鹅黄,真是柳眼挑金,更动人的时节是在秋后,柳丝飘拂到人的脸上,一阵阵的蝉噪,夕阳古道,情景幽绝。我初上这条大道,离开温暖的家,走向一个新的环境,心里不知是什么滋味。

海淀是一小乡镇,过仁和酒店微闻酒香,那一家的茵陈酒莲花白是有名的,再过去不远有一个小石桥,左转趋颐和园,右转经圆明园遗址,再过去就是清华园了。清华园原是清室某亲贵的花园,在门上"清华园"三字是大学士那桐题的,门并不大,有两扇铁栅,门内左边有一棵状如华盖的老松,斜倚有态,门前小桥流水,桥头上经常系着几匹小毛驴。

园里谈不到什么景致，不过非常整洁，绿草如茵，校舍十分简朴，但是一尘不染。原来的一点点中国式的园林点缀保存在"工字厅""古月堂"，尤其是工字厅后面的荷花池，徘徊池畔，有"风来荷气，人在木阴"之致。塘坳有亭翼然，旁有巨钟为报时之用。池畔松柏参天，厅后匾额上的"水木清华"四字确是当之无愧。又有长联一副："槛外山光，历春夏秋冬，万千变幻，都非凡境。窗中云影，任东西南北，去来澹荡，洵是仙居。"（祁隽藻书）我在这个地方不知消磨了多少黄昏。

西园榛莽未除，一片芦蒿，但是登土山西望，圆明园的断垣残石历历可见，俯仰苍茫，别饶野趣。我记得有一次郁达夫特来访问，央我陪他到圆明园去凭吊遗迹，除了那一堆石头什么也看不见了，所谓"万园之园"的四十美景只好参考后人书画于想象中得之。

三

清华分高等科、中等科两部分。刚入校的便是中等科的一年级生。中等四年，高等四年，毕业后送到美国去，这两部分是隔离的，食宿教室均不在一起。

学生们是来自各省的，而且是很平均地代表着各省。因此各省的方言都可以听到，我不相信除了清华之外有任何一个学校其学生籍贯是如此复杂。有些从广东、福建来的，方言特殊，起初与外人交谈不无困难，不过年轻的人学语迅速，稍后亦可适应。由于方言不同，同乡的观念容易加强，虽无同乡会的组织，事实上一省的同乡自成一个集团。我是北京人，我说国语，大家都学着说国语，所以我没有方言，因此我也就没有同乡观念。如果我可以算得是北京土著，像我这样的土著，清华一共没有几个（原籍满族的陶世杰、原籍蒙族的杨宗瀚都可以算是真正的北京人）。北京也有北京的土语，但是从这时候起我就和各个不同省籍的同学交往，我只好抛弃了我的土语的成分，养成使用较为普通的国语的习惯。我一向不参加同乡会之类的组织，同时我也没有浓厚的乡土观念，因为我在这样的环境有过八年的熏陶，凡是中国人都是我的同乡。

一天夜里下大雪。黎明时同屋的一位广东同学大惊小怪地叫了起来："下雪啦！下雪啦！"别的寝室的广东同学也出来奔走相告，一个个从箱里取出羊皮袍穿上，但是里面穿的是单布裤子！

有一位从厦门来的同学，因为言语不通没人可以交谈，孤独郁闷而精神反常，整天用英语喊叫："我要回家！我要回家！"高等科有一位是他的同乡，但是不能时常来陪伴他。结果这位可怜的孩子被遣送回家了。

我是比较幸运的,每逢星期日我缴上一封家长的信便可获准出校返家,骑驴抄小径,经过大钟寺,到西直门,或是坐一小时的人力车遵大道进城。在家里吃一顿午饭,不大工夫夕阳西下又该回学校去了。回家的手续是在星期六晚办妥的,领一个写着姓名的黑木牌,第二天交到看守大门的一位张姓老头儿的手里,才得出门。平常是不准越大门一步的。但是高等科的同学们,和张老头打个招呼,也可以出门走走,买点什么鸭梨柿子烤白薯之类的东西。

新生是一群孩子,我这一班里以项君为最矮小,有一回他掉在一只大尿桶里几乎淹死。二三十年后我在天津遇到他,他已经任一个银行的经理,还是那么高,想起往事不禁发出会心的微笑。

新生的管理是很严格的。斋务主任陈筱田先生是个了不起的人物,天津人,说话干脆而尖刻,精神饱满,认真负责。学生都编有学号,我在中等科时是五八一,在高等科时是一四九,我毕业后十几年在南京车站偶然遇到他,他还能随口说出我的学号。每天早晨七点打起床钟,赴盥洗室,每人的手巾脸盆都写上号码,脏了要罚。七点二十分吃早饭,四碟咸菜如萝卜干、八宝菜之类,每人三个馒头,稀饭不限。饭桌上,也有各人的学号，缺席就要记下处罚。脸可以不洗，早饭不能不去吃。陈先生常常躲在门后，拿着纸笔把迟到的一一记下，专写学号，一个也漏不掉。我从小就有早起的习惯，永远在打钟以前很久就起床，所以从不误吃早饭。

学生有久久不写平安家信以致家长向学校查询者，因此学校规定每两星期必须写家信一封，交斋务室登记寄出。我每星期回家一次，应免此一举，但恪于规定仍须照办。我父亲说这是很好的练习小楷的机会，特为我在荣宝斋印制了宣纸的信笺，要我恭楷[1]写信，年终汇订成册，留作纪念。

学生身上不许带钱，钱要存在学校银行里，平常的零用钱可以存少许在身上，但一角钱一分钱都要记账，而且是新式簿记，有明细账，有资产负债对照表，月底结算完竣要呈送斋务室备核盖印然后发还。在学校用钱的机会很少，伙食本来是免费的，我入校的那一年才开始收半费，每月伙食是六元半，我交三元，在我以后就是交全费的了，洗衣服每月二元，这都是在开学时交清了的。理发每次一角，手艺不高明，设备也简陋，有一样好处——快，十分钟连揪带拔一定完工（我的朋友张心一来自甘肃，认为一角钱太贵，总是自剃光头，青白油亮，只

---

[1] 工整的楷书。

是偶带刀痕）。所以花钱只是买零食。校内有一个地方卖日用品及食物，起初名为嘉华公司，后改称为售品所，卖豆浆、点心、冰激凌、花生、栗子之类。只有在寝室里可以吃东西，在路上走的时候吃东西是被禁止的。

洗澡的设备很简单，用的是铅铁桶，由工友担冷热水。孩子们很多不喜欢亲近水和肥皂，于是洗澡便需要签名，以备查核。规定一星期洗澡至少两次，这要求并不过分，可是还是有人只签名而不洗澡。照规定一星期不洗澡予以警告，若仍不洗澡则在星期五下午四时周会（名为伦理演讲）时公布姓名，若仍不洗澡则强制执行，派员监视。以我所知，这规则尚不曾实行过。

看小说也在禁止之列，小说是所谓"闲书"，据说是为成年人消遣之用，不是诲淫就是诲盗，年轻人血气未定，看了要出乱子的。可是像《水浒》《红楼》之类我早就在家里看过，也是偷着看的，看到妙处心里确是怦怦然。

我到清华之后，经朋友指点，海淀有一家小书店可以买到石印小字的各种小说。我顺便去了一看，琳琅满目，如入宝山，于是买了一部《绿牡丹》。有一天晚上躺在床上偷看，字小、纸光、灯暗，倦极抛卷而眠，翌晨起来就忘记从枕下捡起，斋务先生查寝室，伸手一摸就拿走了。当天就有条子送来，要我去回话，我还不知道是什么事。只见陈先生铁青着脸，把那本《绿牡丹》往我面前一丢，说："这是嘛？""嘛"者天津话"什么"也。我的热血涌到脸上，无话可说，准备接受打击。也许是因为我是初犯，而且并无其他前科，也许是因为我诚惶诚恐俯首认罪，使得惩罚者消了不少怒意，我居然除了受几声叱责及查获禁书没收之外没有受到惩罚。依法，这种罪过是要处分的，应于星期六下午大家自由活动之际被罚禁闭，地点在"思过室"，这种处分是最轻微的处分，在思过室里静坐几小时，屋里壁上满挂着格言，所谓"闭门思过"。凡是受过此等处分的，就算是有了记录，休想再能获得品行优良奖的大铜墨盒。我没进过思过室，可是也从来没有得过大铜墨盒，可能是受了《绿牡丹》事件的影响。我们对于得过墨盒的同学们既不嫉妒亦不羡慕，因为人人心里明白那个墨盒的代价是什么，并且事后证明墨盒的得主将来都成了什么样的角色。

思过是要牌示的，若干次思过等于记一小过，三小过为一大过，三大过则恶贯满盈，实行开除。记过开除之事在清华随时有之，有时候一向品学兼优的学生亦不能免于记过。比我高一班的潘光旦曾告诉我他就被记小过一次，事由是他在严寒冬夜不敢外出如厕，就在寝室门外便宜行事，事有凑巧，陈斋务主任正好深夜巡查，迎面相值当场查获，当时未交一语，翌日挂牌记过。光旦认为这是很有趣的一件事，从不讳言。中等科的厕所（绰号"九间楼"）在夜晚是没有人敢去的，面临操场，一片寂寥，加上狂风怒吼，孩子们是有一点怕。最严重的罪过是偷窃，一经破获，立刻开除，有时候拿了人家的一本字典或是拿了人家一匹夏布，都要受最严重的处分，趁上课时扃闭寝室通路，翻箱倒箧实行突检，大概没有窃案不被破获的，虽然用重典，总还有人要蹈法网。有些学生被当作"线民"使用，负责打小报告，这种间谍制度后来大受外国教员指责，不久就废弃了，做线民的大概都是得过墨盒的。

清华对于年幼的学生还有过一阵的另一训导制度，三五个年幼的学生配给一个导师，导师由高等科的大学生担任之，每星期聚会一次，在生活上予以指导。指导我的是一位沈隽淇先生，大概比我大七八岁，道貌岸然，不苟言笑。这制度用意颇佳，但滞碍难行，因为硬性配给，不免扞格。此制行之不久即废，沈隽淇先生毕业后我也从来没听见过他的消息。

严格的生活管理只限于中等科，我们事后想想像陈筱田先生所执行的那一套管理方法，究竟是利多弊少，许多做人做事的道理，本来是应该在幼小的时候就要认识。许多自然主义的教育信仰者，以为儿童的个性应该任其自由发展，否则受了摧残以后，便不得伸展自如。至少我个人觉得我的个性没有受到压抑以至于以后不能充分发展。我从来不相信"树大自直"。等我们升到高等科,一切管理松弛多了,尤其是正值"五四运动"之后,学生的气焰万丈,谁还能管学生?

四

清华是预备留美的学校,所以课程的安排与众不同,上午的课如英文、作文、公民(美国的公民)、数学、地理、历史(西洋史)、生物、物理、化学、政治学、社会学、心理学……都一律用英语讲授,一律用美国出版的教科书;下午课如语文、历史、地理、修身、哲学史、伦理学、修辞、中国文学史……都一律用国语,用中国的教科书。这样划分的目的,显然的要加强英语教学,使学生多得听说英语的机会。上午的教师一部分是美国人,一部分是能说英语的中国人。下午的教师是中国的一些老先生,好多都是在前清有过功名的。但是也有流弊,重点放在上午,下午的课就显得稀松。尤其是在毕业的时候,上午的成绩需要及格,下午的成绩则根本不在考虑之列。因此大部分学生轻视中文的课程。这是清华在教育上最大的缺点,不过鱼与熊掌不可得兼,顾了英文就不容易再顾中文,这困难的情形也是可以理解的。可惜的是学校没有想出更合理的办法,同时对待中文老师之差别待遇也令学生生出很奇异的感想，薪给特别低，集中住在比较简陋的古月堂，显然中文教师是不受尊重的。这在学生的心理上有不寻常的影响，一方面使学生蔑视本国的文化，崇拜外人；另一方面激起反感，对于洋人偏偏不肯低头。我个人的心理反应即属于后者，我下午上课从来不和先生捣乱，上午在课堂里就常不驯顺。而且我一想起母校，我就不能不联想起庚子赔款、义和团、吃教的洋人、昏聩的官吏……这一连串的联想使我惭愧、愤怒。我爱我的母校，但这些联想如何能使我对我母校毫无保留地感觉骄傲呢？

清华特别注重英文一课，由于分配的钟点特多，再加上午其他课亦用英语讲授，所以平均成绩可能较一般的学校略胜。使用的教本开始时是《鲍尔文读本》，以后就是由浅而深的选读文学作品，如《阿丽斯异乡游记》《陶姆伯朗就学记》《柴斯菲德训子书》《金银岛》《欧文杂记》，阿迪生的《洛杰爵士杂记》，霍桑的《七山墙之屋》《块肉余生述》《朱立阿西撒》《威尼斯商人》，等等。前后八年教过我英文的老师有马国骥先生、林语堂先生、孟宪承先生、巢堃霖先生，美籍的有 Miss Baader、Miss Clemens、Mr.Smith 等。马、林、孟三位先生都是当时比较年轻的教师，不但学问好、教法好，而且热心教学，是难得的好教师。巢先生是在英国受教育的，英文根底极好，我很惭愧的是我曾在班上屡次无理捣乱反抗，使他很生气，但是我来台湾后，他从香港寄信给我，要我到香港大学去教中文，我感谢这位老师尚未忘记几十年前的一个顽皮的学生。两位美籍的女教师使我特殊受益的倒不在英文训练，而在她们教导我们练习使用"议会法"，这一套如何主持会议、如何进行讨论、如何交付表决等艺术，以后证明十分有用，这也就是孙中山先生所谓的"民权初步"。在民主社会里到处随时有集会，怎么可以不懂集会的艺术？我幸而从小就学会了这一套，以后受用不浅，以后每逢我来主持任何大小会议，我知道如何控制会场秩序、如何迅速地处理案件的讨论。她们还教了我们作文的方法，题目到手之后，怎样先作大纲，怎样写提纲挈领的句子，有时还要把别人的文章缩写成为大纲，有时从一个大纲扩展成为一篇文章，这一切其实就是思想训练，所以不仅对英文作文有用，对语文也一样的有用。我的文章写得不好，但如果层次不太紊乱，思路不太糊涂，其得力处在此。美国的高等学校大概就是注重此种教学方法，清华在此等处模仿美国，是有益的。

上午的所有课程有一特色，即是每次上课之前学生必须做充分准备，先生指定阅览的资料必须事先读过，否则上课即无从听讲或应付。上课时间用在练习讨论者多，用在讲解者少，同时鼓励学生发问。我们中国学生素来没有当众发问的习惯，美籍教师常常感觉困惑，有时指名发问令其回答，造成讨论的气氛。美国大学里在课外指定阅读的资料分量甚重，所以清华先有此种准备，免得到了美国顿觉不胜负荷。我记得到了高等科之后，先生指定要读许多参考书，某书某章必须阅读，我们在图书馆未开门之前就排了长龙，抢着阅读参考书架上的资料，迟到者就要等候。

我的语文老师中使我获益最多的是徐镜澄先生，我曾为文纪念过他（见《秋室杂文》）。他在中等科教我作文一年，批改课业大勾大抹，有时全页都是大墨杠子，我几千字的文章往往被他删削得体无完肤，只剩下二三百字，我始而懊恼，继而觉得经他勾改之后确实是另有一副面貌，终乃接受了他的"割爱主义"，写文章少说废话，开门见山，拐弯抹角的地方求其挺拔，避免茸阘。

午后的课程大致不能令学生满意。学校聘请教员只知道注意其有无举人进士的头衔，而不问其是否为优良教师。尤其是"五四"以后的几年，学生求知若渴，不但要求新知，对于中国旧学问也要求用新眼光来处理。比我低一班的朱湘先生就跑到北大旁听去了。清华午后上课的情形简直是荒唐！先生点名，一个学生可以代替许多学生答到，或者答到之后就开溜，留在课室者可以写信、看小说甚至打瞌睡，而先生高踞讲坛视若无睹。我记得清清楚楚，有一位叶先生年老而无须，有一位学生发问了："先生，你为什么不生胡须？"先生急忙用手遮盖他的下巴，缩颈俯首而不答，全班哄笑。这一类不成体统的事不止一端。

于此我不能不提到梁任公先生。大概是我毕业前一年，我们几个学生集议想请他来演讲。他的大公子梁思成是我的同班同学，梁思永、梁思忠也都在清华，所以我们经过思成的关系一约就成了。任公先生的学问事业是大家敬仰的，尤其是他心胸开朗，思想赶得上潮流，在"五四"以后俨然是学术重镇。他身材不高，头秃，双目炯炯有光，走起路来昂首阔步，一口广东官话，声如洪钟。他讲演的题目是《中国韵文里表现的情感》，他情感丰富，记忆力强，用手一敲秃头便能背诵出一大段诗词，有时手之舞之、足之蹈之，有时口沫四溅、涕泗滂沱，频频地从口袋里掏出一块大毛巾来揩眼睛。这篇演讲分数次讲完，有异常的成功，我个人对中国文学的兴趣就是被这一篇演讲所鼓动起来的。以前读曾毅《中国文学史》，因为授课的先生只是照着书本读一遍，毫无发挥，所以我越读越不感兴趣。任公先生以后由学校聘请住在工字厅主讲《中国历史研究法》，更以后清华大学成立，他被聘为研究所教授，那是后话了。

还有些位老师我也是不能忘记的。教音乐的 Miss Seeley 和教图画的 Miss Starr 和 Miss Lyggate 都启迪了我对艺术的爱好。我本来喉音不坏，被选为"少年歌咏团"的团员，一共十二个人，除了我之外，有赵敏恒、梅旸春、项谔、吴去非、李先闻、熊式一、吴鲁强、胡光澄、杜钟珩、郭殿邦等，我的嗓音最高，曾到城里青年会表演过一次"Human Piano"（人造钢琴），我代表最高音。以后我倒了嗓子，同时 Seeley 女士离校后也没有替人指导，我对音乐便失去了兴趣，没有继续修习，以至于如今对于音乐几乎完全是个聋子，中国音乐不懂，外国音乐也不通，变成了一个"内心没有音乐的人"，想起来实在可怕。讲到图画，我从小就喜欢，涂抹几笔是可以的，但无天才，清华的这两位教师给我的鼓励太多了，要我画炭画、描石膏像，记得最初是画院里的一棵松树，从基本上学习，但我没有能持续用功。我妄以为在小学时即已临摹王石谷、恽南田，如今还要回过头来画这些死东西？自以为这是委屈了我的才能，其实只是狂傲无知。到如今一点基本的功夫都没有，还谈得到什么用笔用墨？幼年时对艺术有一点点爱好，不值什么，没加上苦功，便毫无可观，我便是一例。

我不喜欢的课是数学。在小学时"鸡兔同笼"就已经把我搅昏了头，到清华习代数、几何、三角，更格格不入，从心里厌烦，开始时不用功，以后就很难跟上去，因此我视数学课为畏途。我的一位同学孙筱孟比我更怕数学，每回遇到数学月考大考，他一看到题目就好像是"贾宝玉神游太虚幻境"一般，匆匆忙忙回寝室换裤子，历次不爽。我那时有一种奇异的想法，我将来不预备习理工，要这劳什子做什么？以"兴趣不合"四个字掩饰自己的懒惰愚蠢。数学是人人要学的，人人可以学的，那是一种纪律，无所谓兴趣之合与不合，后来我和赵敏恒两个人同在美国一个大学读书，清华的分数单上"数学"一项都是强勉及格六十分，需要补修三角与立体几何，我们一方面懊恼，一方面引为耻辱，于是我们两个拼命用功，结果我们两个在全班上占有第一、第二的位置，大考特准免予参加，以甲上成绩论。这证明什么？这证明没有人的兴趣是不近数学的，只要按部就班地用功，再加上良师诱导，就会发觉里面的趣味，万万不可任性，在学校里读书时万万不可相信什么"趣味主义"。

生物、物理、化学三门并非全是必修，预备习文法的只要修生物即可，这一规定也害我不浅，我选了比较轻松的生物，教我们生物的陈隽人先生，他对我们很宽，我在实验室里完全把时间浪费了，我怕触及蚯蚓、田鸡之类的活东西，闻到珂罗芳的味道就头痛，把蛤蟆的四肢钉在木板上开刀取心脏是我最怵的事，所以总是请同学代为操刀，敷衍了事。物理、化学根本没有选修，至今引为憾事。

我的手很笨拙，小时候手工一向很坏，编纸、插豆、泥工、竹工的成绩向来羞于见人。清华亦有手工一课，教师是周永德先生，有一次他要我们每人做一个木质的方锥体，我实在做不好，就借用同学徐宗涑所做的成品去搪塞交上。宗涑的手是灵巧的，他的方锥体做得方方正正、有棱有角，周先生给他打了个九十分。我拿同一个作品交上去，他对我有偏见，仅打了七十分。我不答应，我自己把真相说穿。周先生大怒，说我不该借用别人的作品。我说："我情愿受罚，但是先生判分不公，怎么办呢？"先生也笑了。

五

清华对于体育特别注重。

每早晨第二堂与第三堂之间有十五分钟的柔软操，钟声一响，大家涌到一个广场上，地上有写着号码的木桩，各按号码就位立定，由舒美科先生或马约翰先生领导活动，由助教过来点名。这十五分钟操，如果认真做，也能浑身冒汗。这是很好的调剂身心的办法。

下午四时至五时有一小时的强迫运动，届时所有的寝室、课室房门一律上锁，非到户外运动不可，至少是在外面散步或看看别人运动。我是个懒人,处此情形之下,也穿破了一双球鞋,打烂了三五只网球拍,大腿上被棒球打黑了一大块。可惜到了高等科就不再强迫了。经常运动有助于健康,不,是健康之绝对的必需的条件。而且,身体的健康也必有助于心理的健康。年轻时所获致的健康也是后来求学做事的一笔资本。那时清华的一般的学生比较活泼一些,少老气横秋的态度,也许是运动比较多一点的缘故。

学生们之普遍的爱好运动的习惯之养成是一件事,选拔代表与别的学校竞赛则是又一件事。清华对于选手的选拔、培养与爱护也是做得很充分的。选手要勤练习,体力耗损多,食物需要较高的热量,于是在食堂旁边另设"训练桌",大鱼大肉,四盘四碗,同学为之侧目。运动员中之德智体三育均优者固然比比皆是,但在体育方面畸形发展的亦非绝无仅有。有一位玩球的健将就是功课不够理想,但还是设法留在校内以便为校立功,这种恶劣的作风是大家都知道的。

清华的运动员给清华带来不少的荣誉,在各种运动比赛中总是占在领导的位置。在最初的几次远东运动会中清华的选手赢得不少锦标,为国家争取光荣。我记得最清楚的是一场足球赛和一场篮球赛。上海南洋大学的足球队在华中称雄,远征华北以清华为对象,大家都觉得胜败未可逆料,不无惴惴。清华的阵容是前锋徐仲良、姚醒黄、关颂韬、华秀升、邝××，后卫之一是李汝祺，守门是董大西。这一战打得好精彩，徐仲良脚头有劲，射门准而急，关颂韬最会盘球，三两个人奈何不得他，冲锋陷阵如入无人之境，结果清华以逸待劳，侥幸大胜。这是在星期六下午举行的，星期一补放假一天以资庆祝，这是什么事！另一场篮球赛是对北师大。北师大在体育方面也是人才辈出，篮球队中一位魏先生尤负盛名。北师大和清华在篮球方面不相上下，可说势均力敌。清华的阵容是前锋有时昭涵、陈崇武，后卫有孙立人、王国华，以这一阵容为基本的篮球队曾打垮菲律宾、日本的代表队。鏖战的结果清华占地利因而险胜，孙立人、王国华的截球之稳练不能不令人叹为观止。附带提起，现在台湾的程树仁先生也是清华的运动健将，他继曹懋德为足球守门，举臂击球，比用脚踢还打得远些，他现在年近七十而强健犹昔，是清华的体育精神的代表。

　　清华毕业时照例要考体育，包括田、径、爬绳、游泳等项。我平常不加练习，临考大为紧张，马约翰先生对于我的体育成绩只是摇头叹息。我记得我跑四百码的成绩是九十六秒，人几乎晕过去。一百码是十九秒。其他如铁球、铁饼、标枪、跳高、跳远都还可以勉强及格。游泳一关最难过。清华有那样好的游泳池，按说有好几年的准备应该没有问题，可惜是这好几年的

争先是本能,一切动物皆不能免;让是美德,是文明进化培养出来的习惯。

准备都是在陆地上，并未下过水里，临考只得舍命一试。我约了两位同学各持竹竿站在两边，以备万一。我脚踏池边猛然向池心一扑，这一下子就浮出一丈开外，冲力停止之后，情形就不对了，原来水里也有地心吸力，全身直线下沉。喝了一大口水之后，人又浮到水面，尚未来得及喊救命，已经再度下沉。这时节两根竹竿把我挑了起来，成绩是不及格，一个月后补考。这一个月我可天天练习了，好在不止我一人，尚有几位陪伴我。补考的时候也许是太紧张，老毛病又发了，身体又往下沉，据同学告诉我，我当时在水里扑腾得好厉害，水珠四溅，翻江倒海一般，否则也不会往下沉。这一沉，沉到了池底。我摸到大理石的池底，滑腻腻的。我心里明白，这一回只许成功不许失败。便在池底连爬带泳地前进，喝了几口水之后，头已露出水面，知道快泳完全程了，于是从从容容来了几下子蛙式泳，安安全全地跃登彼岸。马约翰先生笑得弯了腰，挥手叫我走，说："好啦，算你及格了。"这是我毕业时极不光荣的一个插曲，我现在非常悔恨，年轻时太不知道重视体育了。

　　清华的体育活动也并不完全是洋式的，也有所谓国术，如打拳、击剑之类，教师是李剑秋先生，他的拳是外家一路，急而劲，据说有功夫。有时也开会表演，邀来外面的各路英雄，刀枪剑戟陈列在篮球场上，主人先踮踮脚，然后一十八般武艺一样一样地表演上场,其中包括空手夺刀之类。对于这种玩意儿,同学中也有乐此不疲者,分头在钻研太极八卦、少林石头的奥秘。

六

"五四运动"发生在民国八年,我在中等科四年级,十八岁,是当时学生群中比较年轻的一员。清华远在郊外,在"五四"过后第二三天才和城里的学生联络上。清华学生的领导者是陈长桐。他的领导才能(charisma)是天生的,他严肃而又和蔼,冷静而又热情,如果他以后不走进银行而走进政治,他一定是第一流的政治家。他的卓越的领导能力使得清华学生在这次运动里尽了应尽的责任,虽然以后没有人以"五四健将"而闻名于世。自五月十九日以后,北京学生开始街道演讲。我随同大队进城,在前门外珠市口我们一小队人从店铺里搬来几条木凳排在街道上,人越聚越多,讲演的情绪越来越激昂,这时有三两部汽车因不得通过而乱按喇叭,顿时激怒了群众,不知什么人一声喝打,七手八脚地捣毁了一部汽车。我当时感觉到大家只是一股愤怒不知向谁发泄,恨政府无能,恨官吏卖国,这股恨只能在街上如醉如狂地发泄了。在这股洪流中没有人能保持冷静，此之谓群众心理。那部被打的汽车是冤枉的，可是后来细想也许不冤枉，因为至少那个时候坐汽车而不该挨打的人究竟为数不多。

章宗祥的儿子和我同一寝室。"五四运动"爆发之后，他悄悄地走避了，但是许多人不依不饶地拥进了我的寝室，把他的床铺捣烂了，衣箱里的东西狼藉满地。我回来看到很有反感，觉得不该这样做。过后不久他害猩红热死了。

六月三日、四日北京学生千余人在天安门被捕，清华的队伍最整齐，所以集体被捕，所占人数也最多。

清华因为继续参加学生运动而引起学校当局的不满，校长张煜全先生也许是用人不当，也许是他自己过分慌张，竟趁学生晚间开会之际切断了电线，他以为这一招可以迫使学生散去，想不到激怒了学生，当时点起蜡烛继续开会，这是对当局之公然反抗。事有凑巧，会场外忽然发现了三五个衣裳诡异、打着纸灯笼的乡巴佬，经盘问后，原来是由学校当局请来的乡间的"小锣会"来弹压学生的。所谓小锣会，即是乡村农民组织的自卫团体，遇有盗警之类的事变就以敲锣为号，群起抵抗，是维持地方治安的一种组织。糊涂的学校当局竟把这种人请进学校来对付学生，真是自寻烦恼。学生们把"小锣会"团团围住，让他们具结之后便把他们驱逐出校。但是驱逐校长的风潮也因此爆发了。

"五四"往好处一变而为新文化运动,往坏处一变而为闹风潮。清华的风潮是赶校长。张煜全、金邦正,接连着被学生列队欢送迫出校外,其后是罗忠诒根本未能到差。这一段时期学生领导人之最杰出者为罗隆基,他私下里常说"九年清华,三赶校长"是实有其事。清华的传统的管理学生的方式崩溃了,学生会的坚强组织变成学生生活的中心。学生自治也未始不是一个好的现象,不过罢课次数太多,一快到暑假就要罢课,有人讥笑我们是怕考试,然乎否乎根本不值一辩,不过罢课这个武器用得次数太多反而失去同情则确是事实。

"五四运动"原是一个短暂的爱国运动,热烈的,自发的,纯洁的,"如击石火,似闪电光",很快就过去了。可是年轻的学生们经此刺激震动而突然觉醒了,登时表现出一股蓬蓬勃勃的朝气,好像是蕴藏压抑多年的情绪与生活力,一旦获得了迸发奔放的机会,一发而不可收拾,沛然而莫之能御。当时以我个人所感到的而言,这一股力量在两点上有明显的表现:一是学生的组织,一是广泛的求知欲。

在这以前,学生们都是听话的乖孩子,对权威表示服从,对教师表示尊敬,对职员表示畏惧。我刚到清华的时候,见到校长周寄梅先生真觉得战战兢兢,他自有一种威仪使人慑服,至今我仍然觉得他有极好的风度，在我所知道的几任清华校长之中，他是最令大家翕服的一个。学校的组织与规程，尽管有不合理处，学生们不敢批评，更不敢有公然反抗的举动。除了对于语文教师常有轻慢的举动以外，学生对一般教师是恭顺的，无论教师多么不称职，从没有被学生驱逐的。在中等科时，一位语文先生酒醉，拿竹板打了学生的手心，教务长来抢走了竹板，事情也就平息了，这事情若发生在今天，那还了得！清华管理严格，记过、开除是经常有的事，一纸开除的布告贴出，学生乖乖地卷铺盖，只有一次例外。我同班的一位万同学，因故被开除，他跑到海淀喝了一瓶莲花白，红头涨脸地跑回来，正值斋务主任李胡子在饭厅和学生们一起用膳，就在大庭广众之下，上去一拳把他打倒在地，这是绝无仅有的一次犯上作乱的精彩表演。

"五四"以后情形完全不同了，首先要说起学校当局之颟顸无能，当局糊涂到用关灭电灯的方法来防止学生开会，召进乡间的"小锣会"打着灯笼、拿着棍棒到学校里来弹压学生，这如何能令学生心服？周校长以后的几任校长，都是外交部派来的闲散的外交官，在做官方面也许是内行的，但是平素学问道德未必能服人，遇到这动荡时代更不懂得青年心理，当然是治丝益棼，使事态恶化。数年之内，清华数易校长，每一位都是在极狼狈的情形之下离去的。学生的武器便是他们的组织——学生会。从前的班长、级长都是些当局属意的"墨盒"持有人，现在的学生会的领导者是些有组织能力的有担当的分子。所谓"团结就是力量"，道理是不错的。原来为了遂行爱国运动而组织起来的学生会，性质逐渐扩大，目标也逐渐转移了。学生要求自治，学生也要过问学校的事。清华的学生会组织是相当健全的，分评议会与干事会两部分，评议会是决议机关，干事会是执行机关，评议员是选举的，我在清华最后几年一直是参加评议会的。我深深感觉"群众心理"是很可怕的，组织的力量如果滥用，也是很可怕的。我们短短期间内驱逐的三位校长，其中有一位根本未曾到校，他的名字是罗忠诒，不知什么人传出了消息说他吸食鸦片烟，于是喧嚷开来，舆论哗然，吓得他未敢到任。人多势众的时候往往是不讲理的。学生会每逢到了五六月的时候，总要闹罢课的勾当，如果有人提出罢课的主张，不管理由是否充分，只要激昂慷慨一番，总会通过。罢课曾经是赢得伟大胜利的手段，到后来成了惹人厌恶的荒唐行为。不过清华的罢课当初也不是没有远大目标的。一九二二年三月间罗隆基写了一篇《彻底翻腾的清华革命》，发表在《北京晨报》，翌年三月间由学生会印成小册，并有梁任公先生及凌冰先生的序言，一致赞成清华应有一健全的董事会，可见清华革命之说确是合乎当时各方的要求。

嚣张是不须讳言的,但是求知的欲望也同时变得非常旺盛,对于一切的新知都急不暇择地吸收进去。我每次进城在东安市场、劝业场、青云阁等处书摊旁边不知消磨多少时光,流连不肯去,几乎凡有新刊必定购置,不是我一人如此,多少敏感的青年学生都是如此。

我记得仔细阅读过的书刊包括有:胡适的《实验主义》《尝试集》《短篇小说集》《中国哲学史》,周作人的《欧洲文学史》《域外小说集》,王星拱的《科学方法论》,潘家洵译的《易卜生戏剧》,少年中国的丛书,共学社的丛书,晨报丛书,等等。《新潮》《新青年》等杂志更不待言,是每期必读的。当然,那时候学力未充,鉴别无力,自己并无坚定的见地,但是扩充眼界,充实腹笥,总是一件好事。所以我那时看的东西很杂,进化论与互助论,资本论与无政府主义,托尔斯泰与萧伯纳,罗素与柏格森,泰戈尔与王尔德,兼收并蓄,杂糅无章。没有人指导,没有人讲解,暗中摸索,有时自以为发掘到宝藏而沾沾自喜,有时全然失去比例与透视。幸而,由于我的天生的性格,由于我的家庭的管教,我尚能分辨出什么是稳健的康庄大道,什么是行险徼倖的邪恶小径。三十岁以后,自己知道发愤读书,从来不敢懈怠,但是求知的热狂在"五四"以后的那一段期间仍然是无可比拟的。

因为探求新知过于热心，对于学校的正常的功课反倒轻视疏忽了。基本的科学，不感兴趣，敷敷衍衍地读完一年生物学之后对于物理、化学即不再问津，这一缺憾至今无法补偿。对于数学我更没有耐心，自己给自己制造了一个借口曰："性情不近。"梁任公先生创"趣味说"，我认为正中下怀，我对数学不感兴趣，因此数学的成绩仅能勉强维持及格，而并不觉得惭作。不但此也，在英文班上读些文学名著，也觉得枯燥无味，莎士比亚的戏剧亦不能充分赏识，他的文字虽非死文字，究竟嫌古老些，哪有时人翻译出来的现代作品那样轻松？于是有人谈高尔斯华绥、萧伯纳、王尔德、易卜生，亦从而附和之；有人谈莫泊桑、契诃夫、屠格涅夫、法朗士，亦从而附和之。如响斯应，如影斯随，追逐时尚，惶惶然不知其所届。这是"五四"以后之一窝蜂的现象，表面上轰轰烈烈，如花团锦簇，实际上不能免于浅薄幼稚。

七

清华学生全体住校，自成一个社团，故课外活动也就比较多些。我初进清华，对音乐、图画都很热心。教音乐的教师Miss Seeley循循善诱，仪态万千，是颇受学生欢迎的一个人。

孔子曰："当仁不让于师。"只有当仁的时候才可以不让，此外则一定当以谦让为宜。

她令学生唱校歌（清华的校歌是英文的）以测验学生歌唱的能力，我一试便引起她的注意，因为我声音特高，而且我能唱出校歌两阕的全部歌词，后来我就当选为清华幼年歌咏团的团员。不知为什么这位教师回国后就一直没有替人，同时我的嗓音倒了之后亦未能复元，于是从此我和音乐绝缘。教图画的教师先是一位 Miss Starr，后是一位 Miss Lyggate，教我们白描，教我们写生，炭画、水彩画，可惜的是我所喜欢的是中国画，并且到了中等科三年级也就没有图画一课了。

我在图画、音乐上都不得发展，兴趣转到了写字上面去。在小学的时候老师周士菼（香如）先生教我们写草书千字文，这是白折子九宫格以外的最有趣的课外作业，我的父亲又鼓励我涂鸦，因此我一直把写字当作一种享受。我在清华八年所写的家信，都是写在特制的宣纸信笺上，每年装订为一册，全是墨笔恭楷，这习惯一直维持到留学回国为止。有一天我和同学吴卓（鹄飞）、张嘉铸（禹九）商量，想组织一个练习写字的团体，吴卓写得一笔好赵字，张嘉铸写得一笔酷似张廉卿的魏碑体，众谋佥同，于是我就着手组织，征求同好。我的父亲给我们起了一个名字，曰"清华戏墨社"。大字、小楷，同时并进。包世臣的《艺舟双楫》、康有为的《广艺舟双楫》成了我的手边常备的参考书。我本来有早起的习惯，七点打起床钟，我六点就盥洗完毕，天蒙蒙亮，我和几位同学就走进自修室，正襟危坐，磨墨伸纸，如是者二年，不分寒暑，从未间断，举行过几次展览。我最初看吴卓临赵孟𫖯的《天冠山题咏》，见猎心喜，但是我父亲不准我写，认为应先骨格而后妩媚，要我写颜真卿的《争座位帖》和柳公权的《玄秘塔碑》，同时供给我大量的珂罗版的汉碑，主要的是《张迁碑》《白石神君碑》《孔庙碑》，而以《曹全碑》殿后。这样临摹了两年，孤芳自赏，但愧未能持久，本无才力，终鲜功夫，至今拿起笔杆不能运用自如，是一憾事。

清华不是教会学校，所以并没有什么宗教气氛，但是有些外国教师及一些热心的中国人仍然不忘传教，例如查经班青年会之类均应有尽有，可是同时也有一批国粹派出面提倡孔教以为对抗。我对于宗教没有兴趣，不过于基督教、孔教二者若是必须做一选择，我宁取后者，所以我当时便参加了一些孔教会的活动，例如在孔教会附设的贫民补习班和工友补习班里授课之类。不过孔子的学说根本不能构成宗教，所谓国教运动尤其讨厌。

"五四"以后，心情丕变。任何人在青春时期都会"怨黄莺儿作对，怪粉蝶儿成双"，都会变成为一个诗人。我也在荷花池畔开始吟诗了，有一首诗就题为《荷花池畔》，后来发表在《创造季刊》第四期上。我从事文艺写作是在我进入高等科之初,起先是几个朋友(顾毓琇、张忠绂、翟桓等)在校庆日之前凑热闹翻译了一本《短篇小说作法》,这是一本没有什么价值的书,不知为何选中了它。我们的组织定名为"小说研究社",向学校借占了一间空的寝室作为会所。后来我们认识了比我们高两级的闻一多,是他提议把小说研究社改为"清华文学社",添了不少新会员,包括朱湘、孙大雨、闻一多、谢文炳、饶子离、杨子惠等。闻一多是个多才多艺的人,他不仅年纪比我们大两岁,在心理的成熟方面以及学识修养方面,都比我们不止大两岁,我们都把他当作老大哥看待。他长于图画,而国文根底也很坚实,作诗仿韩昌黎,硬语盘空,雄浑恣肆,而情感丰富,正直无私。这时候我和一多都大量地写白话诗,朝夕观摩,引为乐事。我们对于当时的几部诗集颇有一些意见,《冬夜》里有"被窝暖暖的,人儿远远的"之句,《草儿》里有"旗呀,旗呀,红、黄、蓝、白、黑的旗呀!"这样的一首,还有"如厕是早起后第一件大事"之句,我们都认为俗恶不堪,就诗论诗倒是《女神》的评价最高,基于这一点意见,一多写了一篇长文《冬夜评论》,由我寄给北京《晨报副刊》(孙伏园编)。我们很天真,以为报纸是公开的园地,我们以为文艺是可以批评的,但事实并非如此。稿子寄走之后,如石沉大海,杳无音讯，几番函询亦不得复音，幸亏尚留底稿。我决定自行刊印，自己又写了一篇《草儿评论》，合为《冬夜草儿评论》，薄薄的一百多页，用去印刷费百余元，是我父亲供给我的。这一小册的出版引起两个反响，一个是《努力周报》署名"哈"的一段短评，当然是冷嘲热骂；一个是创造社《女神》作者的来信赞美。由于此一契机我认识了创造社诸君。

我有一次暑中送母亲回杭州，路过上海，到了哈同路民厚南里，见到郭、郁、成几位，我惊讶的不是他们生活的清苦，而是他们生活的颓废，尤以郁为最。他们引我从四马路的一端，吃大碗的黄酒，一直吃到另一端，在大世界追野鸡，在堂子里打茶围，这一切对于一个清华学生是够恐怖的。后来郁达夫到清华来看我，要求我两件事，一是访圆明园遗址，一是逛北京的四等窑子，前者我欣然承诺，后者则清华学生素无此等经验，未敢奉陪（后来他找到他的哥哥的洋车夫陪他去了一次，他表示甚为满意云）。

差不多同时我也由于通信而认识了南京高师的胡昭佐（梦华），于他而认识了吴宓（雨僧），后来又认识了梅光迪（迪生）、胡先骕（步青）诸位。对于南京一派比较守旧的思潮，我也有一点同情，并不想把他们一笔抹杀。

我的父亲总是担心我的国文根底不够，所以每到暑假他就要我补习国文，我的老师是仪征陈止（孝起）先生，他的别号是大镫，是一位纯旧式的名士，诗词文章无所不能，尤好收集小品古董，家里满目琳琅。我隔几天送一篇文章请他批改，偶然也作一点旧诗。但是旧文学虽然有趣，我可以研究欣赏，却无模拟的兴致，受过"五四"洗礼的人是不能再回复到以前的那个境界里去了。

八

临毕业前一年是最舒适的一年，搬到向往已久的大楼里面去住，别是一番滋味。这一部分的宿舍有较好的设备，床是钢丝的，屋里有暖气炉，厕所里面有淋浴，有抽水马桶。不过也有人不能适应抽水马桶，以为做这种事而不采取蹲的姿势是无法完成任务的（我知道顾德铭即是其中之一，他一清早就要急急忙忙跑到中等科去照顾那九间楼），可见吸收西方文化也并不简单，虽然绝大多数的人是乐于接受的。

和我同寝室的是顾毓琇、吴景超、王化成，四个少年意气扬扬共居一室，曾经合照过一张相片，坐在一条长凳上，四副近视眼镜，四件大长袍，四双大皮鞋，四条跷起来的大腿，一派生愣的模样。过了二十年，我们四个人在重庆偶然聚首，又重照了一张，当时大家就意识到这样的照片一生中怕照不了几张。当时约定再过二十年一定要再照一张，现在拍照第三张的时期已过，而顾毓琇定居在美国，王化成在葡萄牙任公使多年之后病殁在美国，吴景超在大陆上。四人天各一方，萍踪漂泊，再聚何年？今日我回忆四十年前的景况，恍如昨日：顾毓琇以"一樵"的笔名忙着写他的《芝兰与茉莉》，寄给文学研究会出版，我和景超每星期都要给《清华周刊》写社论和编稿。提起《清华周刊》，那也是值得回忆的事。我不知哪一个学校可以维持出版一种百八十页的周刊，历久而不停，里面有社论，有专文，有新闻，有通讯，有文艺。我们写社论常常批评校政，有一次我写了一段短评鼓吹男女同校，当然不是为私人谋，不过措辞激烈了一点，对校长之庸弱无能大肆抨击，那时的校长是曹云祥先生（好像是做过丹麦公使，娶了一位洋太太，学问道德如何则我不大清楚），大为不悦，召吴景超去谈话，表示要给我记大过一次，景超告诉他："你要处分是可以的，请同时处分我们两个，因为我们负共同责任。"结果是采官僚作风，不了了之。我喜欢文学，清华文艺社的社员经常有作品产生，不知我们这些年轻人为什么有那样大的胆量，单凭一点点热情，就能振笔直书从事创作，这些作品经由我的安排，便大量地在周刊上发表了，每期有篇幅甚多的文艺一栏自不待言，每逢节日还有特刊副刊之类，一时文风甚盛。这却激怒了一位同学（梅汝璈），他投来一篇文章《辟文风》，我当然给他登出来，然后再辞而辟之。我之喜欢和人辩驳问难，盖自此时始，我对于写稿和编辑刊物也都在此际得到初步练习的机会。《周刊》在经济方面是由学校支持的，这项支出有其教育的价值。

我以《清华周刊》编者的名义，到城里陟山门大街去访问胡适之先生。缘由是梁任公先生应《清华周刊》之请写了一个《国学必读书目》，胡先生不以为然，公开地批评了一番。于是我径去访问胡先生，请他也开一个书目。胡先生那一天病腿，躺在一张藤椅上见我，满屋里堆的是线装书。这是我第一次见到胡先生，清癯的面孔，和蔼而严肃，他很高兴地应了我们的请求。后来我们就把他开的书目发表在《清华周刊》上了。这两个书目引出吴稚晖先生的一句名言："线装书应该丢到茅厕坑里去！"

我必须承认，在最后两年实在没有能好好地读书，主要的原因是心神不安，我在这时候经人介绍认识了程季淑女士，她是安徽绩溪人，刚从女子师范毕业，在女师附小教书。我初次和她会晤是在宣外珠巢街女子职业学校里，那时候男女社交尚未公开，双方家庭也是相当守旧的。我和季淑来往是秘密进行的，只能在中央公园、北海等地约期会晤。我的父亲知道我有女友，不时地给我接济，对我帮助不少。我的三妹亚紫在女师大，不久和季淑成了很好的朋友。青春初恋期间谁都会神魂颠倒，睡时、醒时、行时、坐时，无时不有一个情影盘踞在心头，无时不感觉热血在沸腾，坐卧不宁，寝馈难安，如何能沉下心读书？"一日不见，如三秋兮！"更何况要等到星期日才能进得城去谋片刻的欢会？清华的学生有异性朋友的很少，我是极少数特殊幸运的一个。因为我们每星期日都风雨无阻地进城去会女友，李迪俊曾讥笑我们为"主日派"。

对于毕业出国，我一向视为畏途。在清华有读不完的书，有住不腻的环境，在国内有舍不得离开的人，那么又何必去父母之邦？所以和闻一多屡次商讨，到美国那样的汽车王国去，对于我们这样的人有无必要？会不会到了美国被汽车撞死为天下笑？一多先我一年到了美国，头一封来信劈头一句话便是："我尚未被汽车撞死！"随后劝我出国去开开眼界。事实上清华也还没有过毕业而拒绝出国的学生。我和季淑商量，她毫不犹豫地劝我就道，虽然我们知道那别离的滋味是很难熬的。这时候我和季淑已有成言，我答应她，三年为期，期满即行归来。于是我准备出国。季淑绣了一幅《平湖秋月图》给我，这幅绣图至今在我身边。

出国就要治装，我不明白为什么外国人到中国来不需治中装，而中国人到外国去就要治西装。清华学生平素没有穿西装的，都是布衣布褂，我有一阵还外加布袜布鞋。毕业期近，学校发一笔治装费，每人约三五百元之数，统筹办理，由上海恒康西服庄派人来承办。不匝月而新装成，大家纷纷试新装，有人缺领巾，有人缺衬衣，有的肥肥大大如稻草人，有的窄小如猴子穿戏衣，真可说得上是"沐猴而冠"。这时节我怀想红顶花翎朝靴袍褂出使外国的李鸿章，他有那一份胆量不穿西装，虽然翎顶袍褂也并不是我们原来的上国衣冠。我有一点厌恶西装，但是不能不跟着大家走。在治装之余我特制了一面长约一丈的绸质大国旗——红、黄、蓝、白、黑的五色旗，这在后来派了很大的用场，在美国好多次集会（包括孙中山先生逝世时纽约中国人的追悼会）都借用了我这一面特大号的国旗。

到了毕业那一天（六月十七日），每人都穿上白纺绸长袍黑纱马褂，在校园里穿梭般走来走去，像是一群花蝴蝶。我毕业还不是毫无问题的，我和赵敏恒二人因游泳不及格几乎不得毕业，我们临时苦练，豁出去喝两口水，连爬带泳，凑合着也补考及格了，体育教员马约翰先生望着我们两个人只是摇头。行毕业礼那天，我还是代表全班的三个登台致辞者之一，我的讲词规定是预言若干年后同学们的状况，现在我可以说，我当年的预言没有一句是应验了的！例如，谢奋程之被日军刺杀，齐学启之殉国，孔繁祁之被汽车撞死，盛斯民之疯狂以终，这些倒霉的事固然没有料到，比较体面的事如孙立人之于军事，李先闻之于农业，李方桂之于语言学，应尚能之于音乐，徐宗涑之于水泥工业，吴卓之于糖业，顾毓琇之于电机工程，施嘉炀之于土木工程，王化成、李迪俊之于外交……均有卓越之成就，而当时也并未窥见端倪。至于区区我自己，最多是小时了了，到如今一事无成，徒伤老大，更不在话下了。毕业那一天有晚会，演话剧助兴，剧本是顾一樵临时赶编的三幕剧《张约翰》。剧中人物有女性二人，谁也不愿担任，最后由我和吴文藻承乏。我的服装有季淑给我缝制的一条短裤和短裙，但是男人穿高跟鞋则尺寸不合无法穿着，最后向 Miss Lyggate 借来一试，还嫌松一点点。演出时我特请季淑到校参观，当晚下榻学生会办公室，事后我问她我的表演如何，她笑着说："我不敢仰视。"事实上这不是我第一次演戏，前一年我已经演过陈大悲编的《良心》，导演人即是陈大悲先生。不过串演女角，这是生平仅有的一次。

拿了一纸文凭便离开了清华园，不知道是高兴还是哀伤。两辆人力车，一辆拉行李，一辆坐人，在骄阳下一步一步地踏向西直门，心里只觉得空虚怅惘。此后两个月中酒食征逐，意乱情迷，紧张过度，遂患甲状腺肿，眼珠突出，双手抖颤，积年始愈。

家父给了我同文书局石印大字本的前四史,共十四函,要我在美国课余之暇随便翻翻,因为他始终担心我的国文根底太差。这十四函线装书足足占我大铁箱的一半空间,这原是吴稚晖先生认为应该丢进茅厕坑里去的东西,我带过了太平洋,又带回了太平洋,差不多是原封未动缴还给家父,实在好生惭愧。老人家又怕我在美膏火不继,又给了我一千元钱,半数买了美金硬币,半数我在上海用掉。我自己带了一具景泰蓝的香炉、一些檀香木和粉,因为我认为这是中国文化中最好的一项代表性的艺术品,我一向向往"焚香默坐"的那种境界。这一具香炉,顶上有一铜狮,形状瑰丽,闻一多甚为欣赏,后来我在珂罗拉多[1]和他分手时便举以相赠。我又带了一对景泰蓝花瓶,后来为了进哈佛大学的缘故在暑期中赶补拉丁文,就把这对花瓶卖了五十美元充学费了。此外我还在家里搜寻了许多绣活和朝服上的"黻子",后来都成了最受人欢迎的礼物。

民国十二年八月里,在凄风苦雨的一天早晨,我在院里走廊上和弟妹们吹了一阵胰子泡,随后就噙着泪拜别父母,起身到上海候船放洋。在上海停了一星期,住在旅馆里写了一篇纪

---

[1] 这里指美国科罗拉多州的第二大城市科罗拉多泉。梁实秋的多篇散文中所提及的"珂泉"指的便是此城。

• • •

我常幻想着"风雨故人来"的境界，在风飒飒雨霏霏的时候，心情枯寂百无聊赖，忽然有客款扉，把握言欢，莫逆于心。

实的短篇小说，题为《苦雨凄风》，刊在《创造周报》上。我这一班，在清华是最大的一班，入学时有九十多人，上船时淘汰剩下六十多人了。登"杰克逊总统"号的那一天，船靠在浦东，创造社的几位到码头上送我。住在嘉定的一位朋友派人送来一面旗子，上面亲自绣了"乘风破浪"四个字。其实我哪里有宗悫的志向？我愧对那位朋友的期望。

清华八年的生涯就这样的结束了。

大学教授

有许多人,把所有的大学教授都看得很重,以为他们在品行上都是很清高的,在学问上更不消说。只要认清"博士""硕士"的招牌,便不致误。其实这是误会。由这种误会还许产生出许多失望和悲剧。

大学教授是一种职业,还算是比较赚钱的职业。要说干这种生意,也不容易。从小的时候,父母就要下本钱,由买石板粉笔以至于出洋旅费,纵然不致倾家荡产,也要元气大伤。学成之后,应该不难于立身扬名以显父母,设若遭逢非时,沦为大学教授,总算是屈尊俯就,很委屈了。

一般的人若是生来没有什么大毛病,谁愿意坐冷板凳?但是"得天下之英才,而教育之,一乐也"!而天下之英才往往不在一个学校,所以身为大学教授者,也就往往身兼数校教授,多多益善,这完全是热心服务,薪金多寡,倒是一件小事。以现代人的眼光论,谁要是一辈子做大学教授,谁就是没出息!他们以为大学教授本是升官发财的路上的驻足之所。所以肯长进的人,等到有官可做、有财可发的时候,区区教授,便视如敝屣了。

若有思想迂腐的人说:"先生,你这不是误人子弟吗?"他将回答说:"是的,是的,不过当初人家也是照样误我来的,否则我也不来做教授了!"

考生的悲哀

我是一个投考大学的学生,简称曰考生。

常言道,生、老、病、死,乃人生四件大事。就我个人而言,除了这四件大事之外,考大学也是一个很大的关键。

中学一毕业,我就觉得飘飘然,不知哪里是我的归宿。"上智与下愚不移"。我并不是谦逊,我非上智,考大学简直没有把握,但我也并不是狂傲,我亦非下愚,总不能不去投考。我惴惴然,在所能投考的地方全去报名了。

有人想安慰我,有人想恫吓我,有人说风凉话:"考学校的事可真没有准,全凭运气。"这倒是正道着了我的心情。我正是要碰碰运气。也许有人相信，考场的事与父母的德行、祖上的阴功、坟地的风水都很有关系，我却不愿因为自己考学校而连累父母祖坟，所以说我是很单纯地碰碰运气，试试我的流年。

话虽如此，我心里的忐忑不安是与日俱增的。我把铅笔修得溜尖，锥子似的。墨盒里加足了墨汁。自来水笔灌足了墨水，外加墨水一瓶。三角板、毛笔、橡皮……一应俱全。

一清早我到了考场，已经满坑满谷的都是我的难友，一个个的都是神头鬼脸，龇牙咧嘴的。

听人说过，从前科举场中，有人喊："有恩报恩，有仇报仇！"我想到这里，就毛骨悚然。考场虽然是很爽朗，似也不免有些阴森之气。万一有个鬼魂和我过不去呢？

题目试卷都发下来了。我一目十行，先把题目大略地扫看一遍。还好，听说从前有学校考语文只有一道作文题目，全体交了白卷，因为题目没人懂，题目好像是"卞壶不苟时好论"，典出《晋书》。我这一回总算没有遇见"卞壶"，虽然"井儿""明儿"也难倒了我。有好几门功课，题目真多，好像是在做常识试验。试场里只听得沙沙地响，像是蚕吃桑叶。我手眼并用，笔不停挥。

"啪"一声。旁边一位朋友的墨水壶摔了，溅了我一裤子蓝墨水。这一点也不稀奇，有必然性。考生没有不洒墨水的。

有人的自来水笔干了，这也是必然的。有人站起来大声问："抄题不抄题？"这也是必然的。

考场大致是肃静的。监考的先生们不知是怎样选的，都是目光炯炯，东一位，西一位，好多道目光在试场上扫来扫去，有的立在台上高瞻远瞩，有的坐在空位子上做埋伏，有的巡回检阅，真是如临大敌。最有趣的是查对照片，一位先生给一个考生相面一次，有时候还需要仔细端详，验明正身而后已。

榜？不是榜！那是犯人的判决书。

榜上如果没有我的名字，我从此在人面前要矮下半尺多。我在街上只能擦着边行走。我在家里只能低声下气地说话。我吃的饭只能从脊梁骨下去。不敢想。如果榜上有名，则除了怕嘴乐得闭不上之外当无其他危险。明天发榜，我这一夜没好睡，直做梦，竟梦见范进。

天亮，报童在街上喊："买报瞧！买报瞧！"我连爬带滚地起来，买了一张报，打开一看，蚂蚁似的一片人名，我闭紧了嘴，怕心脏从口里跳出来，找来找去，找到了，我的名字赫然在焉！只听得，扑通一声，心像石头一般落了地。我和范进不一样，我没发疯，我也不觉得乐，我只觉得麻木空虚，我不由自主地从眼里迸出了两行热泪。

读书苦？读书乐？

从开蒙说起。

读书苦？读书乐？一言难尽。

从前读书自识字起。开蒙时首先是念字号,方块纸上写大字,一天读三五个,慢慢增加到十来个,先是由父母手写,后来书局也有印制成盒的,背面还往往有画图,名曰看图识字。小孩子淘气,谁肯沉下心来一遍一遍地认识那几个单字？若不是靠父母的抚慰,甚至糖果的奖诱,我想孩子开始识字时不会有多大的乐趣。

光是认字还不够,需要练习写字,于是以描红模子开始,"上大人，孔乙己，化三千……"，再不就是"一去二三里，烟村四五家，亭台六七座，八九十枝花"，或是"王子去求仙，丹成入九天，洞中方七日，世上几千年"。手搦毛笔管，硬是不听使唤，若不是先由父母把着小手写，多半就会描出一串串的大黑猪。事实上，没有一次写字不曾打翻墨盒砚台弄得满手乌黑，狼藉不堪。稍后写小楷，白折子乌丝栏，写上三五行就觉得很吃力。大致说来，写字还算是愉快的事。

进过私塾或从"人、手、足、刀、尺"读过初小教科书的人，对于体罚一事大概不觉陌生。"念背打"三部曲，是我们传统的教学法。一目十行而能牢记于心，那是天才的行径；普通智商的儿童，非打是很难背诵如流的。英国十八世纪的约翰逊博士就赞成体罚，他说那是最直截了当的教学法，颇合于我们所谓"扑作教刑"之意。私塾老师大概都爱抽旱烟，一二尺长的旱烟袋总是随时不离手的，那烟袋锅子最可怕，白铜制，如果孩子背书疙疙瘩瘩地上气不接下气，当心那烟袋锅子敲在脑袋壳上，"砰"的一声就是一个大包。谁疼谁知道。小学教室讲台桌子抽屉里通常藏有戒尺一条，古所谓"榎楚"，也就是竹板一块，打在手掌上其声清脆，感觉是又热又辣又麻又疼。早年的孩子没尝过打手板的滋味的大概不太多。如今体罚悬为禁例，偶一为之便会成为新闻。现代的孩子比较有福了。

从前的孩子认字，全凭记忆，记不住便要硬打进去。如今的孩子读书，开端第一册是先学注音符号，这是一大改革。本来是，先有语言，后有文字。我们的文字不是拼音的，虽然其中一部分是形声字，究竟无法看字即能读出声音，或是发音即能写出文字。注音符号（比反切高明多了）是帮助把语言文字合而为一的一种工具，对于儿童读书实在是无比方便。我们中国的文字不是没有严密的体系，所谓六书即是一套提纲挈领的理论，虽然号称"小学"，小学生谁能理解其中的道理？《说文解字》五百四十个部首就会使得人晕头转向。章太炎编了一个《部首歌》，"一、上、三、示、王、玉、珏……"煞费苦心，谁能背得上来？陈独秀编了一部《小学识字读本》（台湾印行改名为《文字新论》），是文字学方面一部杰出的大作，但是显然不是适合小学识字的读本。我们中国的语言文字，说难不难，说易不易，高本汉说过这样一段话——

北京语实在是一种最可怜的方言，总共只有四百二十个音缀；普通的语词不下有四千个，这四千多个的语词，统须支配于四百二十个音缀当中。同音语词的增进，使听受者受了极大的困难，于此也可以想见了……（见《中国语与中国文》）

这是外国人对外国人所说的话，我们中国儿童国语娴熟，四声准确，并不觉得北京语"可怜"。我们的困难不在语言，在语言与文字之间的不易沟通。所以读书从注音符号开始，这方法是绝对正确的。

《三字经》《百家姓》《千字文》是旧式的启蒙教材。《百家姓》有其实用价值，对初学并不相宜，且置勿论。《三字经》《千字文》都编得不错，内容丰富妥当，而且文字简练，应该是很好的教材，所以直到今日还有人怀念这两部匠心独运的著作，但是对于儿童并不相宜，孩子懂得什么"人之初，性本善"，"天地玄黄，宇宙洪荒"？民国初年，我在北平陶氏学堂读过一个时期的小学，记得语文一课是由老师领头高吟"击鼓其镗，踊跃用兵，土国城漕，我独南行……"全班一遍遍地循声朗诵，老师喉咙干了，就指派一个学生（班长之类）代表他领头高吟。朗诵一个小时，下课。好多首《诗经》作品就是这样地注入我的记忆，可是过了五六十年之后自己摸索才略知那几首诗的大意。小时候多少时间都浪费掉了。教我读《诗经》的那位老师的姓名已不记得，他那副不讨人敬爱的音容笑貌至今不能忘！

新式的语文教科书顾及儿童心理及生活环境，读起来自然较有趣味。民初的语文教科书，"一人二手，开门见山，山高月小，水落石出……""一老人，入市中，买鱼两尾，步行回家……"这一类课文还多少带有一点文言的味道。后来仿效西人的作风，就有了"小猫叫，小狗跳……"一类的句子，为某些人所诟病。其实孩子喜欢小动物，由此而入读书识字之门，亦未可厚非。抗战初期我曾负责主编一套中小学教科书，深知其中艰苦，大概越是初级的越是难以编写，因为牵涉到儿童心理与教学方法。现在台湾使用的中小学教科书，无论在内容上或印刷上较前都日益进步，学生面对这样的教科书至少应该不至于望而生畏。

写字

在从前，写字是一件大事，在"念背打"教育体系当中占一个很重要的位置，从描红模子的横平竖直，到写墨卷的黑大圆光，中间不知有多大艰苦。记得小时候写字，老师冷不防地从你脑后把你的毛笔抽走，弄得你一手掌的墨，这证明你执笔不坚，是要受惩罚的。这样恶作剧还不够，有的在笔管上套大铜钱，一个，两个，乃至三四个，摇动笔管只觉头重脚轻，这原理是和国术家腿上绑沙袋差不多，一旦解开重负便会身轻似燕极尽飞檐走壁之能事，如果练字的时候笔管上驮着好几两重的金属，一旦握起不加附件的竹管，当然会龙飞凤舞，得心应

我们若把让座当作完全是礼貌，这便无谓；若把让座当作心灵上的慰藉，这便无赖。

手了。写一寸径的大字,也有人主张用悬腕法,甚至悬肘法,写字如站桩,挺起腰板,咬紧牙关,正襟危坐,道貌岸然,在这种姿态中写出来的字,据说是能力透纸背。现代的人无须受这种折磨。"科举"已经废除了,只会写几个"行""阅""如拟""照办",便可为官。自来水笔代替了毛笔,横行左行也可以应酬问世,写字一道,渐渐地要变成"国粹"了。

当作一种艺术看,中国书法是很独特的。因为字是艺术,所以什么"永字八法"之类的说数,其效用也就和"新诗作法""小说作法"相差不多。绳墨当然是可以教的,而巧妙各有不同,关键在于个人。写字最容易泄露一个人的个性,所谓"字如其人"大抵不诬。如果每个字都方方正正,其人大概拘谨;如果伸胳臂拉腿的都逸出格外,其人必定豪放;字瘦如柴,其人必如排骨;字如墨猪,其人必近于"五百斤油"。所以郑板桥的字,就应该是那样的倾斜古怪,才和他那吃狗肉傲公卿的气概相称;颜鲁公的字就应该是那样的端庄凝重,才和他的临难不苟的品格相合,其间无丝毫勉强。

在"文字国"里,需要写字的地方特别多。从擘窠大字至蝇头小楷,都有用途。可惜的是,写字的人往往不能用其所长,且常用错了地方。譬如,凿石摹壁的大字,如果不能使山川生色,就不如给当铺酱园写写招牌,至不济也可以给煤栈写"南山高煤"。有些人的字不宜在壁上题诗,改写春联或"抬头见喜"就合适得多。有的人写字技术非常娴熟,在茶壶盖上写"一片冰心"是可以胜任的,却偏爱给人题跋字画。中堂条幅对联,其实是人人都可以写的,不过悬挂的地点应该有个分别,有的宜于挂在书斋客堂,有的宜于挂在饭铺理发馆,求其环境配合,气味相投,如是而已。

"善书者不择笔",此说未必尽然,秃笔写铁线篆,未尝不可,临赵孟頫《心经》[1]就有困难。字写得坚挺俊俏,所用大概是尖毫。笔墨纸砚,对于字的影响是不可限量的。有时候写字的人除了工具之外还讲究一点特殊的技巧,最妙者无过于某公之一笔虎,八尺的宣纸,布满了一个虎字,气势磅礴,一气呵成,尤其是那一直竖,顶天立地的笔直一根杉木似的,煞是吓人,据说,这是有特别办法的,法用马弁一名,牵着纸端,在写到那一竖的时候把笔顿好,喊一声"拉",马弁牵着纸就往后扯,笔直的一竖自然完成。

写字的人有瘾,瘾大了就非要替人写字不可,看着人家的白扇面,就觉得上面缺点什么,至少也应该有"精气神"三个字。相传有人爱写字,尤其是爱写扇字,后来腿坏,以

---

[1] 元代著名画家和书法家赵孟頫的行书作品。

至无扇可写；人问其故，原来是大家见了他就跑，他追赶不上了。如果字真写到好处，当然不需腿健，但写字的人究竟是腿健者居多。

好书谈

从前有一个朋友说，世界上的好书，他已经读尽，似乎再没有什么好书可看了。当时许多别的朋友不以为然，而较长一些的朋友就更以为狂妄。现在想想，却也有些道理。

世界上的好书本来不多，除非爱书成癖的人（那就像抽鸦片抽上瘾一样的），真正心悦诚服地手不释卷，实在有些稀奇。还有一件最令人气短的事，就是许多最伟大的作家往往没有什么凭借，但却做了后来二三流的人的精神上的财源了。柏拉图、孔子、屈原，他们一点一滴，都是人类的至宝，可是要问他们从谁学来的，或者读什么人的书而成就如此，恐怕就是最善于说谎的考据家也束手无策。这事有点儿怪！难道真正伟大的作家，读书不读书没有什么关系吗？读好书或读坏书也没有什么影响吗？

叔本华曾经说，好读书的人就好像惯于坐车的人，久而久之，就不能在思想上迈步了。这真唤醒人的迷梦不小！小说家瓦塞曼竟又说过这样的话，认为倘若为了要鼓起创作的勇气，只有读二流的作品。因为在读二流的作品的时候，他可以觉得只要自己一动手就准强。倘读第一流的作品却往往叫人减却了下笔的胆量。这话也不能说没有部分的真理。

也许世界上天生有种人是作家，有种人是读者。这就像天生有种人是演员，有种人是观众；有种人是名厨，有种人却是所谓老饕。演员是不是十分热心看别人的戏，名厨是不是爱尝别人的菜，我也许不能十分确切地肯定，但我见过一些作家，却确乎不大爱看别人的作品。如果是同时代的人，更如果是和自己的名气不相上下的人，大概尤其不愿意寓目。我见过一个名小说家，他的桌上空空如也，架上仅有的几本书是他自己的新著，以及自己所编过的期刊。我也曾见过一个名诗人（新诗人），他的唯一读物是《唐诗三百首》，而且在他也尽有多余之感了。这也不一定只是由于高傲，如果分析起来，也许是比高傲还复杂的一种心理。照我想，也许是真像厨子（哪怕是名厨），天天看见油锅油勺，就腻了。除非自己逼不得已而下厨房，大概再不愿意去接触这些家伙，甚而不愿意见一些使他可以联想到这些家伙的物事。职业的辛酸，也有时是外人不晓得的。唐代的阎立本不是不愿意自己的儿子再做画师吗？以教书为生活的人，也往往看见别人在声嘶力竭地讲授，就会想到自己，于是觉得"惨不忍闻"。做文章更是一桩呕心血的事，成功失败都要有一番产痛，大概因此之故不忍读他人的作品了。

撇开这些不说，站在一个纯粹读者而论，却委实有好书不多的实感。分量多的书，糟粕也就多。读读杜甫的选集十分快意，虽然有些佳作也许漏过了选者的眼光。读全集怎么样？叫人头痛的作品依然不少。据说有把全集背诵一字不遗的人，我想这种人不是缺乏美感，就只是为了训练记忆。顶讨厌的集子更无过于陆放翁，分量那么大，而佳作却真寥若晨星。反过来，《古诗十九首》、郭璞《游仙诗》十四首却不能不叫人公认为人类的珍珠宝石。钱锺书的小说里曾说到一个产量大的作家，在房屋恐慌中，忽然得到一个新居，满心高兴，谁知一打听，才知道是由于自己的著作汗牛充栋的结果，把自己原来的房子压塌，而一直落在地狱里了。这话诚然有点儿刻薄，但也许对于像陆放翁那样不知趣的笨伯有一点点儿益处。

古今来的好书，假若让我挑选，我举不出十部。而且因为年龄、环境的不同,也不免随时有些更易。单就目前论,我想是:《柏拉图对话录》《论语》《史记》《世说新语》《水浒传》《庄子》《韩非子》,如此而已。其他的书名,我就有些踌躇了。或者有人问:你自己的著作可以不可以列上?我很悲哀,我只有毫不踌躇地放弃附骥之想了。一个人有勇气(无论是糊涂或欺骗)是可爱的,可惜我不能像上海某名画家,出了一套世界名画选集,却只有第一本,那就是他自己的"杰作"!

晒书记

《世说新语》:"郝隆七月七日,出日中仰卧,人问其故,曰:'我晒书。'"

我尝想,这位郝先生直挺挺地躺在七月的骄阳之下,晒得浑身滚烫,两眼冒金星,所为何来?他当然不是在做日光浴,书上没有说他脱光了身子。他本不是刘伶那样的裸体主义者。我想他是故作惊人之状,好引起"人间其故",他好说出他的那一句惊人之语"我晒书"。如果旁人视若无睹,见怪不怪,这位郝先生也只好站起来拍拍衣服上的灰尘而去。郝先生的意思只是要向侪辈夸示他的肚里全是书。书既装在肚里,其实就不必晒。

不过我还是很羡慕郝先生之能把书藏在肚里，至少没有晒书的麻烦。我很爱书，但不一定是爱读书。数十年来，书也收藏了一点，可是并没有能尽量地收藏到肚里去。到如今，腹笥还是很俭。所以读到《世说新语》这一则，便有一点惭愧。

先严在世的时候，每次出门回来必定买回一包包的书籍。他喜欢研究的主要是小学，旁及于金石之学，积年累月，收集渐多。我少时无形中亦感染了这个嗜好，见有合意的书即欲购来而后快。限于资力学力，当然谈不到什么藏书的规模。不过汗牛充栋的情形却是体会到了，搬书要爬梯子，晒一次书要出许多汗，只是出汗的是人，不是牛。每晒一次书，全家老小都累得气咻咻然，真是天翻地覆的一件大事。见有衣鱼蛀蚀，先严必定蹙额叹息，感慨地说："有书不读，叫蠹鱼去吃也罢。"刻了一颗小印，曰"饱蠹楼"，藏书所以饱蠹而已。我心里很难过，家有藏书而用以饱蠹，子女不肖，贻先人羞。

丧乱以来，所有的藏书都弃置在家乡，起先还叮嘱家人要按时晒书，后来音信断绝也就无法顾到了。仓皇南下之日，我只带了一箱书籍，辗转播迁，历尽艰苦。曾穷三年之力搜购杜诗六十余种版本，因体积过大亦留在大陆。从此不敢再作藏书之想。此间炎热，好像蠹鱼繁殖特快，随身带来的一些书籍竟被蛀蚀得体无完肤，情况之烈前所未有。日前放晴，运到阶前展晒，不禁想起从前在家乡晒书，往事历历，如在目前。我正在佝偻着背，一册册地拂拭，有客适适然来，看见阶上阶下五色缤纷的群籍杂陈，再看到书上蛀蚀透背的惨状，对我发出轻微的嘲笑道："读书人竟放任蠹虫猖狂乃尔。"我回答说："书有未曾经我读，还需拿出暴晒，正有愧于郝隆；但是造物小儿对于人的身心之蛀蚀，年复一年，日益加深，使人意气消沉，使人形销骨毁，其惨烈恐有甚于蠹鱼之蛀书本者。人生贵适意，蠹鱼求一饱，两俱相忘，何必戚戚？"客嘿然退。乃收拾残卷，抱入室内。而内心激动，久久不平，想起饱蠹楼前趋庭之日，自惭老大，深愧未学，忧思百结，不得了脱，夜深人静，爰濡笔为之记。

影响我的几本书

我喜欢书,也还喜欢读书,但是太懒,大部分时间荒嬉掉了!所以实在没有读过多少书。年届而立,才知道发愤,已经晚了。几经丧乱,席不暇暖,像董仲舒三年不窥园,米尔顿五年隐于乡,那样有良好环境专心读书的故事,我只有艳羡。多少年来所读之书,随缘涉猎,未能专精,故无所成。然亦间有几部书对于我个人为学做人之道不无影响。究竟哪几部书影响较大,我没有思量过,直到八年前有一天邱秀文来访问我,她提出了这么一个问题,她问我所读之书有哪几部使我受益较大。我略为思索,举出七部书以对,略加解释,语焉不详。邱秀文记录得颇为翔实,亏她细心地连缀成篇,并以标题"梁实秋的读书乐",后来收入她的一个小册"智者群像",由时报文化出版公司出版。最近联副推出一系列文章,都是有关书和读书的,编者要我也插上一脚,并且给我出了一个题目"影响我的几本书"。我当时觉得自己好像是一个考生,遇到考官出了一个我不久以前做过的题目,自以为驾轻就熟,写起来省事,于是色然而喜,欣然应命。题目像是旧的,文字却是新的。这便是我写这篇东西的由来。

第一部影响我的书是《水浒传》。我在十四岁进清华才开始读小说,偷偷地读,因为那时候小说被目为"闲书",在学校里看小说是悬为厉禁的。但是我禁不住诱惑,偷闲在海淀一家小书铺买到一部《绿牡丹》,密密麻麻的小字光纸石印本,晚上钻在蚊帐里偷看,也许近视眼就是这样养成的。抛卷而眠,翌晨忘记藏起,查房的斋务员在枕下一摸,手到擒来。斋务主任陈筱田先生唤我前去应询,瞪着大眼厉声叱问:"这是嘛?"(天津话"嘛"就是"什么")随后把书往地上一丢,说:"去吧!"算是从轻发落,没有处罚,可是我忘不了那被叱责的耻辱。我不怕,继续偷看小说,又看了《肉蒲团》《灯草和尚》《金瓶梅》,等等。这几部小说,并不使我满足,我觉得内容庸俗、粗糙、下流。直到我读到《水浒传》才眼前一亮,觉得这是一部伟大的作品，不愧金圣叹称之为第五才子书，可以和庄、骚、史记、杜诗并列。我一读，再读，三读，不忍释手。曾试图默诵一百零八条好汉的姓名绰号，大致不差（并不是每一人物都栩栩如生，精彩的不过五分之一，有人说每一个人物都有特色，那是夸张）。也曾试图搜集香烟盒里（是大联珠还是前门？）一百零八条好汉的图片。这部小说实在令人着迷。

《水浒传》作者施耐庵在元末以赐进士出身，生卒年月不详，一生经历我们也不得而知。这没有关系，我们要读的是书。有人说《水浒传》作者是罗贯中，根本不是他，这也没有关系，我们要读的是书。《水浒传》有七十回本，有一百回本，有一百十五回本，有一百二十回本，问题重重；整个故事是否早先有过演化的历史而逐渐形成的，也很难说；故事是北宋淮安大盗一伙人在山东寿张县梁山泊聚义的经过，有多大部分与历史符合有待考证。凡此种种都不是顶重要的事。《水浒传》的主题是"官逼民反，替天行道"。一个个好汉直接间接地吃了官的苦头，有苦无处诉，于是铤而走险，逼上梁山，不是贪图山上的大碗酒大块肉。官，本来是可敬的。奉公守法公忠体国的官，史不绝书。可是一朝权在手便把令来行的贪污枉法的官却也不在少数。人踏上仕途，很容易被污染，会变成为另外一种人，他说话的腔调会变，他脸上的筋肉会变，他走路的姿势会变,他的心的颜色有时候也会变。"尔俸尔禄,民脂民膏",过骄奢的生活,成特殊阶级,也还罢了,若是为非作歹,鱼肉乡民,那罪过可大了。《水浒传》写的是平民的一股怨气。不平则鸣,容易得到读者的同情,有人甚至不忍责那些非法的杀人放火的勾当。有人以终身不入官府为荣,怨毒中人之深可想。

较近的叛乱事件,义和团之乱是令人难忘的。我生于庚子后二年,但是清廷的糊涂,八国联军之肆虐,从长辈口述得知梗概。义和团是由洋人教士勾结官府压迫人民所造成的,其意义和梁山泊起义不同,不过就其动机与行为而言,我怜其愚,我恨其妄,而又不能不寄予多少之同情。义和团不可以一个"匪"字而一笔抹杀。英国俗文学中之罗宾汉的故事,其劫富济贫目无官府的游侠作风之所以能赢得读者的赞赏,也是因为它能伸张一般人的不平之感。我读了《水浒传》之后,我认识了人间的不平。

我对于《水浒传》有一点极为不满。作者好像对于女性颇不同情。水浒里的故事对于所谓奸夫淫妇有极精彩的描写,而显然的对于女性特别残酷。这也许是我们传统的大男人主义,一向不把女人当人,即使当作人也是次等的人。女人有所谓贞操,而男人无。《水浒传》为人抱不平,而没有为女人抱不平。这虽不足为《水浒传》病,但是《水浒传》对于欣赏其不平之鸣的读者在影响上不能不打一点折扣。

第二部书该数《胡适文存》。胡先生生在我们同一时代，长我十一岁，我们很容易忽略其伟大，其实他是我们这一代人在思想学术道德人品上最为杰出的一个。我读他的《文存》的时候，我尚在清华没有卒业。他影响我的地方有三：

一是他的明白清楚的白话文。明白清楚并不是散文艺术的极致，却是一切散文必须具备的起码条件。他的《文学改良刍议》，现在看起来似嫌过简，在当时是振聋发聩的巨著。他的《白话文学史》的看法，他对于文学（尤其是诗）的艺术的观念，现在看来都有问题。例如他直到晚年还坚持地说律诗是"下流"的东西，骈四俪六当然更不在他眼里。这是他的偏颇的见解。可是在"五四"前后，文章写得像他那样明白晓畅、不枝不蔓的能有几人？我早年写作，都是以他的文字作为模仿的榜样。不过我的文字比较杂乱，不及他的纯正。

二是他的思想方法。胡先生起初倡导杜威的实验主义，后来他就不弹此调。胡先生有一句话："不要被别人牵着鼻子走！"像是给人的当头棒喝。我从此不敢轻信人言。别人说的话，是者是之，非者非之，我心目中不存有偶像。胡先生曾为文批评时政，也曾为文对什么主义质疑，他的几位老朋友劝他不要发表，甚至要把已经发排的稿件擅自抽回，胡先生说："上帝尚且可以批评，什么人什么事不可批评？"他的这种批评态度是可佩服的。从大体上看，胡先生从不侈言革命，他还是一个以"儒雅为业"的人，不过他对于往昔之不合理的礼教是不惜加以批评的。曾有人家里办丧事，求胡先生"点主"，胡先生断然拒绝，并且请他阅看《胡适文存》里有关"点主"的一篇文章，其人读了之后翕然诚服。胡先生对于任何一件事都要寻根问底，不肯盲从。他常说他有考据癖，其实也就是独立思考的习惯。

三是他的认真严肃的态度。胡先生说他一生没写过一篇不用心写的文章，看他的《文存》就可以知道确是如此，无论多小的题目，甚至一封短札，他也是像狮子搏兔似的全力以赴。他在庐山偶然看到一个和尚的塔，他作了八千多字的考证。他对于《水经注》所下的功夫是惊人的。曾有人劝他移考证《水经注》的功夫去做更有意义的事，他说不，他说他这样做是为了要把研究学问的方法传给后人。我对于《水经注》没有兴趣，胡先生的著作我没有不曾读过的，唯《水经注》是例外。可是他治学为文之认真的态度，是我认为应该取法的。有一次他对几个朋友说，写信一定要注明年、月、日，以便查考。我们明知我们的函件将来没有人会来研究考证，何必多此一举？他说不，要养成这个习惯。我接受他的看法，年、月、日都随时注明。有人写信谨注月、日而无年份，我看了便觉得缺憾。我译莎士比亚，大家知道，是由于胡先生的倡导。当初约定一年译两本，二十年完成，可是我拖了三十年。胡先生一直关注这件工作，有一次他由台湾飞到美国，他随身携带在飞机上阅读的书包括《亨利四世·下篇》的译本。他对我说他要看看中译的莎士比亚能否令人看得下去。我告诉他，能否看得下去我不知道，不过我是认真翻译的，没有随意删略，没敢潦草。他说俟全集译完之日为我举行庆祝，可惜那时他已经不在了。

第三本书是白璧德的《卢梭与浪漫主义》。白璧德（Irving Babbitt）是哈佛大学教授，是一位与时代潮流不合的保守主义学者，我选过他的"英国十六世纪以后的文学批评"一课，觉得他很有见解，不但有我们前所未闻的见解，而且是和我自己的见解背道而驰。于是我对他发生了兴趣。我到书店把他的著作五种一股脑儿买回来读，其中最有代表性的是他的这一本《卢梭与浪漫主义》。他毕生致力于批判卢梭及其代表的浪漫主义，他针砭流行的偏颇的思想，总是归根到卢梭的自然主义。有一幅漫画讽刺他，画他匍匐地面揭开被单窥探床下有无卢梭藏在底下。白璧德的思想主张，我在《学衡》杂志所刊吴宓、梅光迪几位介绍文字中已略为知其一二，只是《学衡》固执地使用文言，对于一般受了"五四"洗礼的青年很难引起共鸣。我读了他的书，上了他的课，突然感到他的见解平正通达而且切中时弊。我平素心中蕴结的一些浪漫情操几为之一扫而空。我开始省悟，"五四"以来的文艺思潮应该根据历史的透视而加以重估。我在学生时代写的第一篇批评文字《中国现代文学之浪漫的趋势》就是在这个时候写的。随后我写的《文学的纪律》《文人有行》，以至于较后对于辛克莱《拜金艺术》的评论，都可以说是受了白璧德的影响。

　　白璧德对东方思想颇有渊源，他通晓梵文经典及儒家与老庄的著作。《卢梭与浪漫主义》有一篇很精彩的附录《论老庄的"原始主义"》，他认为卢梭的浪漫主义颇有我国老庄的色彩。白璧德的基本思想是与古典的人文主义相呼应的新人文主义。他强调人生三境界，而人之所以为人在于他有内心的理性控制，不令感情横决。这就是他念念不忘的人性二元论。中庸所谓"天命之谓性，率性之谓道，修道之谓教"，孔子所说的"克己复礼"，正是白璧德所乐于引证的道理。他重视的不是 elanvital（柏格森所谓的"创造力"）而是 elanfroin（克制力）。一个人的道德价值，不在于做了多少事，而是在于有多少事他没有做。白璧德并不说教，他没有教条，他只是坚持一个态度——健康与尊严的态度。我受他的影响很深，但是我不曾大规模地宣扬他的作品。我在新月书店曾经辑合《学衡》上的几篇文字为一小册印行，名为《白璧德与人文主义》，并没有受到人的注意。

若干年后，宋淇先生为美国新闻处编译一本《美国文学批评》，其中有一篇是《卢梭与浪漫主义》的一章，是我应邀翻译的，题目好像是《浪漫的道德》。三十年代"左倾"仁兄们鲁迅及其他谥我为"白璧德的门徒"，虽只是一顶帽子，实也当之有愧，因为白璧德的书并不容易读，他的理想很高也很难身体力行，成为门徒谈何容易！

第四本书是叔本华的《隽语与谶言》（*Maxims and Counsels*）。这位举世闻名的悲观哲学家，他的主要作品 *The World as Will and Idea* 我没有读过，可是这部零零碎碎的札记性质的书却给我莫大的影响。

叔本华的基本认识是：人生无所谓幸福，不痛苦便是幸福。痛苦是真实的、存在的、积极的；幸福则是消极的，并无实体的存在。没有痛苦的时候，那种消极的感受便是幸福。幸福是一种心理状态，而非实质的存在。基于此种认识，人生努力方向应该是尽量避免痛苦，而不是追求幸福，因为根本没有幸福那样的一个东西。能避免痛苦，幸福自然就来了。

我不觉得叔本华的看法是诡辩。不过避免痛苦不是一件简单的事，需要慎思明辨，更需要当机立断。

第五部书是斯陶达的《对文明的反叛》（*Lothrop Stoddard: The Revolt against Civilization*）。这不是一部古典

名著，但是影响了我的思想。民国十四年，潘光旦在纽约哥伦比亚大学念书，住在黎文斯通大厦，有一天我去看他，他顺手拿起这一本书，竭力推荐要我一读。光旦是优生学者，他不但赞成节育，而且赞成"普罗列塔利亚"少生孩子，优秀的知识分子多生孩子，只有这样做，民族的品质才有希望提高。一人一票的"德谟克拉西"是不合理的，古希腊的"亚里士多克拉西"较近于理想。他推崇孔子，但不附和孟子的平民之说。他就是这样有坚定信念而非常固执的一位学者。他郑重推荐这一本书，我想必有道理，果然。

斯陶达的生平不详，我只知道他是美国人，一八八三年生，一九五〇年卒，《对文明的反叛》出版于一九二二年，此外还有《欧洲种族的实况》（一九二四年）、《欧洲与我们的钱》（一九三二年）及其他。这本《对文明的反叛》的大意是：私有财产为人类文明的基础。有了私有财产的制度，然后人类生活形态，包括家庭的、社会的、政治的、经济的各方面，才逐渐地发展而成为文明。马克思与恩格斯于一八四八年发表的一个小册子 *Manifostder Kommumston* 声言私有财产为一切罪恶的根源，要彻底地废除私有财产制度，言激而辩。斯陶达认为这是反叛文明，是对整个人类文明的打击。

文明发展到相当阶段会有不合理的现象，也可称之为病态。

所以有心人就要想法改良补救，也有人就想象一个理想中的黄金时代，悬为希望中的目标。《礼记·礼运》所谓的"大同"，虽然孔子说"大道之行也，与三代之英，丘未之逮也"，实则大同乃是理想世界，在尧舜时代未必实现过，就是禹、汤、文武周公的"小康之治"恐怕也是想当然耳。西洋哲学家如柏拉图、如斯多亚派创始者季诺（Zeno）、如陶斯玛·摩尔，及其他，都有理想世界的描写。耶稣基督也是常以慈善为教，要人共享财富。许多教派都不准僧侣自蓄财产。英国诗人柯律芝与骚赛（Coleridge and Southey）在一七九四年根据卢梭与高德文（Godwin）的理想居然想到美洲的宾夕法尼亚去创立一个共产社区，虽然因为缺乏经费而未实现，其不满于旧社会的激情可以想见。不满于文明社会之现状，是相当普遍的心理。凡是有同情心和正义感的人对于贫富悬殊壁垒分明的现象无不深恶痛绝。不过从事改善是一回事，推翻私有财产制度又是一回事。至若以整个国家甚至以整个世界孤注一掷地做一个渺茫的理想的实验，那就太危险了。文明不是短期能累积起来的，却可毁灭于一旦。斯陶达心所谓危，所以写了这样的一本书。

第六部书是《六祖坛经》。我与佛教本来毫无瓜葛。抗战时在北碚缙云山上缙云古寺偶然看到太虚法师领导的汉藏理学院，一群和尚在翻译佛经，香烟缭绕，案积贝多树叶帖帖然，字斟句酌，庄严肃穆。佛经的翻译原来是这样谨慎而神圣的，令人肃然起敬。知客法舫，彼此通姓名后得知他是《新月》的读者，相谈甚欢，后来他送我一本他作的《金刚经讲话》，我读了也没有什么领悟。一九四九年我在广州，中山大学外文系主任林文铮先生是一位狂热的密宗信徒，我从他那里借到《六祖坛经》，算是对于禅宗做了初步的接触，谈不上了解，更谈不到开悟。在丧乱中我开始思索生死这一大事因缘。在六榕寺瞻仰了六祖的塑像，对于这位不识字而能顿悟佛理的高僧有无限的敬仰。

《六祖坛经》不是一人一时所作，不待考证就可以看得出来，可是禅宗大旨尽萃于是。禅宗主张不立文字，但阐明宗旨还是不能不借重文字。据我浅陋的了解，禅宗主张顿悟，说起来简单，实则甚为神秘。棒喝是接引的手段，公案是参究的把鼻。说穿了即是要人一下子打断理性的逻辑的思维，停止常识的想法，蓦然一惊之中灵光闪动，于是进入一种不思善不思恶无生无死不生不死的心理状态。在这状态之中得见自心自性，是之谓明心见性，是之谓言下顿悟。

有一次我在胡适之先生面前提起铃木大拙，胡先生正色曰："你不要相信他，那是骗人的！"我不做如是想。铃木不像是有意骗人，他可能确实相信禅宗顿悟的道理。胡先生研究禅宗历史十分渊博，但是他自己没有做修持的功夫，不曾深入禅宗的奥秘。事实上他无法打入禅宗的大门，因为禅宗大旨本非理性的文字所能解析说明，只能用简略的象征的文字来暗示。在另一方面，铃木也未便以胡先生为门外汉而加以轻蔑。因为一进入文字辩论的范围便必须使用理性的逻辑的方式才足以服人。禅宗的境界用理性逻辑的文字怎样解释也说不明白，须要自身体验，如人饮水，冷暖自知。所以我看胡适铃木之论战根本是不必要的，因为两个人不站在一个层次上。一个说有鬼，一个说没有鬼，能有结论吗？

我个人平素的思想方式近于胡先生类型，但是我也容忍不同的寻求真理的方法。《哈姆雷特》一幕二景，哈姆雷特见鬼之后对于来自威吞堡的学者何瑞修说："宇宙间无奇不有，不是你的哲学全能梦想得到的。"我对于禅宗的奥秘亦作如是观。《六祖坛经》是我最初亲近的佛书，带给我不少喜悦，常引我做超然的遐思。

第七部书是卡莱尔的《英雄与英雄崇拜》（Carlyle: *On Heroes Heroworship and the Heroic in History*）。原是一系列的演讲，刊于一八四一年。卡莱尔的文笔本来是汪洋恣肆，气势不凡的，这部书因为原是讲稿，语气益发雄浑，滔滔不绝得有雷霆万钧之势。他所谓的英雄，不是专指掣旗斩将攻城略地的武术高超的战士而言，举凡卓越等伦的各方面的杰出人才，他都认为是英雄，神祇、先知、国王、哲学家、诗人、文人都可以称为英雄，如果他们能做人民的领袖、时代的前驱、思想的导师。卡莱尔对于人类文明的历史发展有一基本信念，他认为人类文明是极少数的领导人才所创造的。少数的杰出人才有所发明，于是大众跟进。没有睿智的领导人物，浑浑噩噩的大众就只好停留在浑浑噩噩的状态之中。证之于历史，确是如此。这种说法和孙中山先生所说"先知先觉、后知后觉、不知不觉"，若合符节。卡莱尔的说法，人称之为"伟人学说"（Great Man Theory）。他说政治的妙谛在于如何把有才智的人放在统治者的位置上去。他因此而大为称颂我们的科举取士的制度。不过他没注意到取士的标准大有问题，所取之士的品质也就大有问题。好人出头是他的理想，他们憧憬的是贤人政治。他怕听"拉平者"（Levellers）那一套议论，因为人有贤不肖，根本不平等。尽管尽力拉平世间的不平等的现象，领导人才与人民大众对于文明的贡献究竟不能等量齐观。

我接受卡莱尔的伟人学说，但是我同时强调伟人的品质。尤其是政治上的伟人责任重大，如果他的品质稍有问题，例如轻言改革，囿于私见，涉及贪婪，用人不公，立刻就会灾及大众，祸国殃民。所以我一面崇拜英雄，一面深厌独裁。我愿他泽及万民，不愿他成为偶像。卡莱尔不信时势造英雄，他相信英雄造时势。我想是英雄与时势交相影响。卡莱尔受德国费希特（Fichte）的影响，以为一代英雄之出世涵有"神意"（divine idea），又受加尔文（Calvin）一派清教思想的影响，以为上帝的意旨在指挥英雄人物。这种想法现已难以令人相信。

第八部书是马可·奥勒留（Marcus Aurelius Antoninus）的《沉思录》（*Meditations*），这是西洋斯托亚派哲学最后一部杰作，原文是希腊文，但是译本极多，单是英文译本自十七世纪起至今已有二百多种。在我国好像注意到这本书的人不多。我在一九五九年将此书译成中文，由协志出版公司印行。作者是一千八百多年前的罗马帝国的皇帝，以皇帝之尊而成为苦修的哲学家，并且给我们留下这样的一部书真是奇事。

斯托亚派哲学涉及三个部门：物理学、论理学、伦理学。这一派的物理学，简言之，即是唯物主义加上泛神论，与柏拉图之以理性概念为唯一真实存在的看法正相反。斯托亚派认为只有物质的事物才是真实的存在，但是物质的宇宙之中偏存着一股精神力量，此力量以不同的形式出现，如人，如气，如精神，如灵魂，如理性，如主宰一切的原理，皆是。宇宙是神，人所崇奉的神祇只是神的显示。神话传说全是寓言。人的灵魂是从神那里放射出来的，早晚还要回到那里去。主宰一切的神圣原则即是使一切事物为了全体利益而合作。人的至善的理想即是有意识地为了共同利益而与天神合作。至于这一派的论理学则包括两部分，一是辩证法，一是修辞学，二者都是思考的工具，不太重要。马可最感兴趣的是伦理学。按照这一派哲学，人生最高理想是按照宇宙自然之道去生活。所谓"自然"不是"任性放肆"之意，而是上面说到的"宇宙自然"。人生除了美德无所谓善，除了罪行无所谓恶。美德有四：一为智慧，所以辨善恶；二为公道，以便应付一切悉合分际；三为勇敢，借以终止痛苦；四为节制，不为物欲所役。人是宇宙的一部分，所以对宇宙整体负有义务，应随时不忘本分，致力于整体利益。有时自杀也是正当的，如果生存下去无法善尽做人的责任。

《沉思录》没有明显地提示一个哲学体系，作者写这本书是在做反省的功夫，流露出无比的热诚。我很向往他这样的近于宗教的哲学。他不信轮回不信往生，与佛说异，但是他对于生死这一大事因缘却同样地不住地叮咛开导。佛示寂前，门徒环立，请示以后当以谁为师，佛说："以戒为师。"戒为一切修行之本，无论根本五戒、沙弥十戒、比丘二百五十戒，以及菩萨十重四十八轻之性戒，其要义无非是克制。不能持戒，还说什么定慧？佛所斥为外道的种种苦行，也无非是戒的延伸与歪曲。斯托亚派的这部杰作坦示了一个修行人的内心了悟，有些地方不但可与佛说参证，也可以和我国传统的"天行健，君子以自强不息"以及"克己复礼"之说相印证。英国十七世纪剧作家范伯鲁（Vanbrugh）的《旧病复发》（*Relapse*）里有一个愚蠢的花花大少浮平顿爵士（Lord Foppington），他说了一句有趣的话："读书乃是以别人脑筋制造出的东西以自娱。我以为有风度有身份的人可以凭自己头脑流露出来的东西而自得其乐。"书是精神食粮。食粮不一定要自己生产，自己生产的不一定会比别人生产的好。而食粮还是我们必不可或缺的。书像是一股洪流，是多年来多少聪明才智的人点点滴滴地汇集而成，很难得有人能毫无凭借地立地涌现出一部书。读书如交友，也靠缘分，吾人有缘接触的书各有不同。我读书不多，有缘接触了几部难忘的书，有如良师益友，获益匪浅，略如上述。

甚有心得

从前人心还有几分古的时候,把留学生看作很有价值的一种人。那时候的人,总觉得一个人远渡重洋,然后学成归国,一定多少有点本领。至于留学生既留之后,究竟是给外国人洗碗还是给外国人当听差,那都不成问题。

所以在留学生归国之际,就有一种牢不可破的公式,一定要设法在报上登一段新闻,内容大致是这样:

"某某君,少有大志,肄业于某校时,每试辄列前茅,某年出洋,卒业于某校,得某项学位,闻将于某日搭某轮返国。君专习某科,甚有心得。"底下还有一个"云"字。

再漂亮一些,或者就要印上一张玉照。无论哪一位留学生归国,报纸似乎都很愿尽登这样一段新闻的义务。并且最奇怪的,就是,无论哪一位留学生,都是"甚有心得"。究竟心得的是什么东西,那不必管,不过"甚有心得"四字不算是顶厉害的骂人的话,却可以相当的承认的。

听说现在有尚未出洋正在候补的留学生,也把履历连同四寸半身的玉照,送到报馆。这样的人是将要"甚有心得",当然也要照登了。

第三章
舍得方欢喜

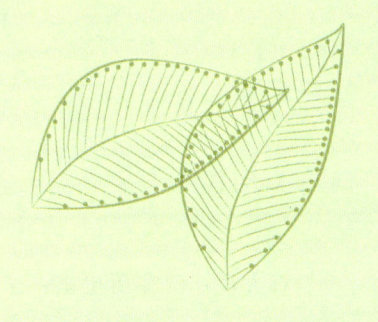

舍与得，不过一段轮回；
敢舍才易得，愿舍才能得。
舍得之间，才是人生。

诗人

有人说:"在历史里一个诗人似乎是神圣的,但是一个诗人在隔壁便是个笑话。"这话不错。看看古代诗人的画像,一个个的都是宽衣博带,飘飘欲仙,好像不食人间烟火的样子。《辋川图》里的人物,弈棋饮酒,投壶流觞[1],一个个的都是儒冠羽衣,意态萧然,我们只觉得摩诘当年,千古风流,而他在苦吟时堕入醋瓮里的那副尴尬相,并没有人给他写画流传。我们

---

[1]投壶,亦称射壶;流觞,古代三月人们举行祓禊仪式后,在曲水旁流杯的饮酒游戏。

凭吊浣花溪畔的工部草堂，遥想杜陵野老[1]典衣易酒、卜居茅茨之状，吟哦沧浪，主管风骚，而他在耒阳狂啖牛炙白酒胀饫而死的景象，却不雅观。我们对于死人，照例是隐恶扬善，何况是古代诗人，篇章遗传，好像是唾痰珠玑，纵然有些小小乖僻，自当加以美化，更可资为谈助。王摩诘堕入醋瓮[2]，是他自己的醋瓮，不是我们家的水缸；杜工部旅中困顿，累的是耒阳知县，不是向我家叨扰。一般人读诗，犹如观剧，只是在前台欣赏，并无须侧身后台打听优伶身世，即使刺听得多少奇闻轶事，也只合作为梨园掌故而已。

假如一个诗人住在隔壁，便不同了。虽然几乎家家门口都写着"诗书继世长"，但懂得诗的人并不多。如果我是一个名利中人，而隔壁住着一个诗人，他的大作永远不会给我看，我看了也必以为不值一文钱，他会给我以白眼，我看着他一定也不顺眼。诗人没有常光顾理发店的，他的头发做飞蓬状，做狮子狗状，做艺术家状。他如果是穿中装的，一定像是算命瞎子，两脚泥；他如果是穿西装的，一定像是卖毛毯子的白俄，一身灰。他游手好闲，他白昼做梦，他无病呻吟，他有时深居简出，闭门谢客，他有时终年流浪，到处为家，他哭笑无常，他饮食无度，

---

[1] 杜甫的号。
[2] 王维苦吟，不觉掉进醋缸的典故。

他有时贫无立锥，他有时挥金似土。如果是个女诗人，她口里可以衔支大雪茄；如果是男的，他向各形各色的女人去膜拜。他喜欢烟、酒、小孩、花草、小动物——他看见一只老鼠可以作一首诗，他在胸口上摸出一只虱子也会作成一首诗。他的生活习惯有许多与人不同的地方。有一个人告诉我，他曾和一个诗人比邻，有一次同出远游，诗人未带牙刷，据云留在家里为太太使用，问之曰："你们原来共用一把吗？"诗人大惊曰："难道你们是各用一把吗？"

诗人住在隔壁，是个怪物，走在街上尤易引起误会。勃朗宁[1]有一首诗《当代人对诗人的观感》，描写一个西班牙的诗人性好观察社会人生，以致被人误认为是一个特务，这是何等的讥讽！他穿的是一身破旧的黑衣服，手杖敲着地，后面跟着一条秃瞎老狗，看着鞋匠修理皮鞋，看人切柠檬片放在饮料里，看焙咖啡的火盆，用半只眼睛看书摊，谁虐打牲畜谁咒骂女人都逃不了他的注意——所以他大概是个特务，把观察所得呈报国王。看他那个模样儿，上了点年纪，那两道眉毛，亏他的眼睛在下面住着！鼻子的形状和颜色都像魔爪。某甲遇难，某乙失踪，某丙得到他的情妇——还不都是他干下的事？他费这样

---

[1] 罗伯特·勃朗宁（Robert Browning, 1812—1889），英国诗人和剧作家。代表作《海外乡愁》等。

大的心机，也不知得多少报酬。大家都说他回家用晚膳的时候，灯火辉煌，墙上挂着四张名画，二十名裸体女人给他捧盘换盏。其实，这可怜的人过的乃是另一种生活，他就住在桥边第三家，新油刷的一幢房子，全街的人都可以看见他交叉着腿，把脚放在狗背上，和他的女仆在打纸牌，吃的是酪饼水果，十点钟就上床睡了。他死的时候还穿着那件破大衣，没膝的泥，吃的是面包壳，脏得像一条熏鱼！

这位西班牙的诗人还算是幸运的，被人当作特务，在另一个国度里，这样一个形迹可疑的诗人可能成为特务的对象。

变戏法的总要念几句咒，故弄玄虚，增加他的神秘，诗人也不免有几分江湖气，不是谪仙，就是鬼才，再不就是梦笔生花，总有几分阴阳怪气。外国诗人更厉害，作诗时能直接地祷求神助，好像是仙灵附体的样子。

一颗沙里看出一个世界，

一朵野花里看出一座天堂，

把无限抓在你的手掌里，

把永恒放进一刹那的时光。

若是没有一点慧根的人，能说出这样的鬼话吗？你不懂？

你是蠢材！你说你懂，你便可跻身于风雅之林。你究竟懂不懂，天知道。

大概每个人都曾经有过做诗人的一段经验。在"怨黄莺儿作对，怪粉蝶儿成双"的时节，看花谢也心惊，听猫叫也难过，诗就会来了，如枝头舒叶那么自然。但是入世稍深，渐渐煎熬成为一颗"煮硬了的蛋"，散文从门口进来，诗从窗口出去了。"嘴唇在不能亲吻的时候才肯唱歌。"一个人如果达到相当年龄，还不失赤子之心，经风吹雨打，方寸间还能诗意盎然，他是得天独厚，他是诗人。

诗不能卖钱。一首新诗，如拈断数根须即能脱稿，那成本还是轻的，怕的是像牡蛎肚里的一颗明珠，那本是一块病，经过多久的滋润涵养才能磨炼孕育成功，写出来到哪里去找顾主？诗不能给富人客厅里摆设做装潢，诗不能给广大的读众以娱乐。富人要的是字画珍玩，大众要的是小说戏剧。诗，短短一阕，充篇幅都不中用。诗是这样无用的东西，所以以诗为业的诗人，如果住在你的隔壁，自然是个笑话。将来在历史上能否就成为神圣，也很渺茫。

孩子

兰姆是终身未娶的,他没有孩子,所以他有一篇《未婚者的怨言》收在他的《伊利亚随笔》里。他说孩子没有什么稀奇,等于阴沟里的老鼠一样,到处都有,所以有孩子的人不必在他面前炫耀。他的话无论是怎样中肯,但在骨子里有一点酸——葡萄酸。

我一向不信孩子是未来世界的主人翁,因为我亲见孩子到处在做现在的主人翁。孩子活动的主要范围是家庭,而现代家庭很少不是以孩子为中心的。一夫一妻不能成为家,没有孩子的家像是一株不结果实的树,总缺点什么;必定等到小宝贝呱呱坠地，家庭的柱石才算放稳，男人开始做父亲，女人开始做母亲，大家才算找到各自的岗位。我问过一个并非"神童"的孩子："你妈妈是做什么的？"他说："给我缝衣的。""你爸爸呢？"小宝贝翻翻白眼："爸爸是看报的！"但是他随即更正说，"是给我们挣钱的。"孩子的回答全对。爹妈全是在为孩子服务。母亲早晨喝稀饭，买鸡蛋给孩子吃；父亲早晨吃鸡蛋，买鱼肝油精给孩子吃。最好的东西都要献呈给孩子，否则，做父母的心里便起惶恐，像是做了什么大逆不道的事一般。孩子的健康及其舒适，成为家庭一切设施的一个主要先决问题。这种风气，自古已然，于今为烈。自有小家庭制以来，孩子的地位顿形提高。以前的"孝子"是孝顺其父母之子，今之所谓"孝子"乃是孝顺其孩子之父母。孩子是一家之主，父母都要孝他！

"孝子"之说，并不偏激。我看见过不少的孩子，鼓噪起来能像一营兵；动起武来能像械斗；吃起东西来能像饿虎扑食；对于尊长宾客有如生番；不如意时撒泼打滚有如羊癫；玩得高兴时能把家具什物狼藉满室，有如惨遭洗劫……但是"孝子"式的父母则处之泰然，视若无睹，顶多皱起眉头，但皱不过三四秒钟仍复堆下笑容，危及父母的生存和体面的时候，也许要狠心咒骂几声，但那咒骂大部分是哀怨乞怜的性质，其中也许带一点威吓，但那威吓只能得到孩子的讪笑，因为那威吓是向来没有兑现过的。"孟懿子问孝,子曰:'无违。'"今之"孝子"深髻是说。凡是孩子的意志,为父母者宜多方体贴,勿使稍受挫阻。近代儿童教育心理学者又有"发展个性"之说,与"无违"之说正相合。

体罚之制早已被人唾弃,以其不合儿童心理健康之故。我想起一个外国的故事:

一个母亲带孩子到百货商店。经过玩具部,看见一匹木马,孩子一跃而上,前摇后摆,踌躇满志,再也不肯下来。那木马不是为出售的,是商店的陈设。店员们叫孩子下来,孩子不听;母亲叫他下来,加倍不听;母亲说带他吃冰激凌去,依然不听;买朱古力[1]糖去,格外不听。任凭许下什么愿,总是还你一个不听;当时演成僵局,顿成胶着状态。最后一位聪明的店员建议说:"我们何妨把百货商店特聘的儿童心理学专家请来解围呢?"

询谋佥同,于是把一位天生成有教授面孔的专家从八层楼请了下来。专家问明原委,轻轻走到孩子身边,附耳低声说了一句话,那孩子便像触电一般,滚鞍落马,牵着母亲的衣裙,仓皇遁去。事后有人问那专家到底对孩子说的是什么话,那专

---

[1]即巧克力。

家说:"我说的是:'你若不下马,我打碎你的脑壳!'"

这专家真不愧为专家,但是颇有不孝之嫌。这孩子假如平常受惯了不兑现的体罚、威吓,则这专家亦将无所施其技了。约翰逊[1]博士主张不废体罚,他以为体罚的妙处在于直截了当,然而约翰逊博士是十八世纪的人,不合时代潮流!

哈代有一首小诗,写孩子初生,大家誉为珍珠宝贝,稍长都夸作玉树临风,长成则为非作歹,终至于陈尸绞架。这老头子未免过于悲观。但是"幼有神童之誉,少怀大志。长而无闻,终乃与草木同朽"——这确是个可以普遍应用的公式。"小时聪明,大时未必了了。"究竟是知言,然而为父母者多属乐观。孩子才能骑木马,父母便幻想他将来指挥十万貔貅时之马上雄姿;孩子才把一曲抗战小歌哼得上口,父母便幻想着他将来喉声一啭彩声雷动时的光景;孩子偶然拨动算盘,父母便暗中揣想他将来或能掌握财政大权,同时兼营投机买卖……对于这种乐观往往形诸言语,成为炫耀,使旁观者有说不出的感动,曾见一幅漫画:一个孩子跪在他父亲的膝头用他的玩具敲打他父亲的头,父亲眯着眼在笑,那表情像是在宣告:"看看!我的

---

[1] 塞缪尔·约翰逊(Samuel Johnson,1709—1784),常称为约翰逊博士(Dr. Johnson),英国著名文评家、诗人、散文家、传记家,代表作《约翰逊字典》《诗人列传》等。

孩子！多么活泼——多么可爱！"旁边坐着一位客人，咧着大嘴做傻笑状，表示他在看着，而且感兴趣。这幅画的标题是：《演剧术》。一个客人看着别人家的孩子而能表示感兴趣，这真确实需要良好的"演剧术"。兰姆显然是不欢喜演这样的戏。

孩子中之比较最蠢、最懒、最刁、最泼、最丑、最弱、最不讨人欢喜的，往往最得父母的钟爱。此事似颇费解，其实我们应该记得《西游记》中唐僧为什么偏偏欢喜猪八戒。

谚云："树大自直。"意思是说孩子不需管教，小时恣肆些，大了自然会好。可是弯曲的小树，长大是否会直呢？我不敢说。

• • •

我们看一幅画,可以欣赏其中所蕴藏的诗的情趣,但是并非所有的画都有诗的情趣,而且画的主要的功用是在描绘一个意象。我们说读画,实在是在画里寻诗。

猫

英国十八世纪诗人斯玛特（Smart）是一个疯子。这不足为奇，因为诗人和疯子本来有一些近似。不过斯玛特疯得厉害。他本来只是由于对宗教的热狂过度而显得不很正常，他喜欢祈祷，常在光天化日之下跪在当街上做祈祷，而且乞求别人和他一起祈祷。他两度被关进了疯人院。约翰逊同情他，说他无害于人，根本不该被关起来。在疯人院里他不准使用纸笔墨水，据说他就利用他的钥匙的尖端在壁板上刻画出他的杰作《大卫之歌》，大卫歌颂的是上帝的光荣。斯玛特还有一部诗稿，死后一百多年才被发现，这就是《对羔羊而欢喜赞叹》（*Jubilate*

Agno），于一九三九年刊行。这部诗的主旨也是赞美上帝，斯玛特以为凡属生物（佛家所谓"有情"）都是在宣示上帝的光荣。他有一只猫，是他被禁闭时唯一的伴侣，名字是乔佛莱，这只猫之生命即是对上帝之不断的礼拜。自第十九节第五十行起及整个的第二十节，都是讲这只猫。诗体是所谓自由诗，不押韵，每行长短不拘，很像是惠特曼的诗的形式，当然这是模仿《圣经》，也可说是模仿希伯来诗体。其诗曰：

我要谈到我的猫乔佛莱。

他是当今上帝的臣仆，日日克尽厥职。

上帝的光荣在东方刚刚出现，他即以他的方式去礼拜。

其方式是弓身七次，优美而迅速。

然后他跳起捉麝球，这是他求上帝赐给他的恩物。

他连翻带滚地闹着玩。

做完礼拜受了恩宠之后他开始照顾他自己。

他分为十个步骤去做。

首先看看前爪是否干净。

第二是向后踢几下以腾出空间。

第三是伸前爪欠身做体操。

第四是在木头上磨他的爪。

第五是洗浴。

第六是浴罢翻滚。

第七是为自己除蚤，以免巡游时受窘。

第八是靠着一根柱子摩擦身体。

第九是抬头听取指示。

第十是前去觅食。

礼拜上帝照顾自己之后他便应付他的邻居。

如果遇到另一只猫，便温柔地吻她一下。

捕到食物的时候便戏弄他，给他一个机会，

七只老鼠有一只在他逗弄时脱逃。

每日工作完毕，他的正事开始。

夜间他为上帝值更，防备仇敌。

他用含电的皮和闪亮的眼抗拒黑暗的威力。

他以活跃的生命力抵制代表死亡的恶魔。

在晨祷中他爱太阳，太阳也爱他。

他是属于虎的一族。

虎是天使，猫是小天使。

他有蛇的狡狯与嗞嗞声，但他禀性善良能克制自己。

如吃得饱，他不做破坏的事；若未被犯，他亦不唾。

上帝夸他乖，他作呜呜声表示感谢。

他是为儿童学习慈爱的一个工具。

没有猫,每个家庭不完备,幸福有缺憾。

以色列人离开埃及时,主曾命令摩西带走战利品。

每个家庭行囊中有一只猫。

英国的猫是欧洲的最佳者。

他是四足动物中使用前爪最为干净者。

他的防卫力之灵巧是上帝十分钟爱他的明证。

他是生物中行动最敏捷的。

他有坚持不懈的毅力。

他是严肃与恶作剧的混合。

他知道上帝是他的救主。

没有什么能比他休息时的宁静为更可爱。

没有什么能比他动作中的生命力为更活跃。

他是主的小可怜,难怪总是被怜惜地称作——可怜的乔佛莱!可怜的乔佛莱!老鼠咬了你的脖子。

我赞美主耶稣的名字,乔佛莱已经好些了。

圣灵来到他的躯体上使之归于完整。

他的舌头十分纯洁,有音乐中得不到的纯洁。

他驯顺,能学习一些事情。

他可以做出严肃的模样,这是奉命唯谨。

他可以供驱使，这是克尽厥职。

他可以跳过一根手杖，这是禁得考验。

一声令下他可以四肢伸开地仰卧。

他可以从高处一跃而入主人的怀抱。

他可以捕捉一个软木塞再掷出去。

他被伪善者与吝啬者所嫉。

前者怕被窥破。

后者不肯破费买饲料。

他弓起他的背，表示开始有所作为。

他很值得怀念，如果一个人愿说老实话。

在埃及他曾因殊勋而声名大著。

他杀死了陆上为患的獴鼠。

他听觉灵敏，一点声音就使他警觉。

所以他能很快的予以注意。

我抚摩他发现他身上有电。

我发现他身上有上帝的光明、烛光与火焰。

电火是神圣的东西，乃是上帝从天上带来的，以支持人与兽的躯体。

上帝祝福他，令他有各式各样的活动。

他虽然不能飞，但极善于攀爬。

他在地面上活动多于任何四足兽类。

他能随着音乐做各种舞蹈。

他能泅水逃命。

他能爬行。

旧

"我爱一切旧的东西——老朋友、旧时代、旧习惯、古书、陈酿；而且我相信，陶乐赛，你一定也承认我一向是很喜欢一位老妻。"这是哥尔德斯密斯的名剧《委曲求全》（*She Stoops to Conquer*）中那位守旧的老头儿哈德卡索先生说的话。他的夫人陶乐赛听了这句话，心里有一点高兴，这风流的老头子还是喜欢她，但是也不是没有一点愠意，因为这一句话的后半段说穿了她的老。这句话的前半段没有毛病，他个人有此癖好，干别人什么事？而且事实上有很多人颇具同感，也觉得一切东西都是旧的好，除了朋友、时代、习惯、书、酒之外，有数不尽的事物都是越老越古越旧越陈越好。所以有人把这半句名言用花体正楷字母抄了下来，装在玻璃框里，挂在墙上，那意思好像是在向喜欢除旧布新的人挑战。

俗语说："人不如故，衣不如新。"其实，衣着之类还是旧的舒适。新装上身之后，东也不敢坐，西也不敢靠，战战兢兢。我看见过有人全神贯注在他的新西装裤管上的那一条直线，坐下之后第一桩事便是用手在膝盖处提动几下，生恐膝部把他的笔直的裤管撑得变成了口袋。人生至此，还有什么趣味可说！看见过爱因斯坦的小照吗？他总是披着那一件敞着领口胸怀的松松大大的破夹克，上面少不了烟灰烧出的小洞，更不会没有一片片的汗斑油渍，但是他在这件破旧衣裳遮盖之下优哉游哉地神游于太虚之表。《世说新语》记载着："桓车骑不好着新衣，浴后妇故进新衣与，车骑大怒，催使持去，妇更持还，传语云：'衣不经新，何由得故？'桓公大笑着之。"桓冲真是好说话，他应该说："有旧衣可着，何用新为？"也许他是为了保持阃内安宁，所以才一笑置之。"杀头而便冠"的事情，我还没有见过；但是"削足而适履"的行为，则颇多类似的例证。一般人穿的鞋，其制作设计很少有顾到一只脚是有五个指头的，穿这样的鞋虽然无须"削"足，但是我敢说五个脚趾绝对缺乏生存空间。有人硬是觉得，新鞋不好穿，敝屣不可弃。

"新屋落成"被金圣叹列为"不亦快哉"之一，快哉尽管快哉，随后那"树小墙新"的一段暴发气象却是令人难堪。"欲存老盖千年意，为觅霜根数寸栽"，但是需要等待多久！一栋建筑要等到相当破旧，才能有"树林阴翳，鸣声上下"之趣，才能有"苔痕上阶绿，草色入帘青"之乐。西洋的庭园，不时地要剪草，要修树，要打扮得新鲜耀眼，我们的园艺的标准显然的有些不同，即使是帝王之家的园囿也要在亭阁楼台画栋雕梁之外安排一个"濠濮间""谐趣园"，表示一点点陈旧古老的萧瑟之气。至于讲学的上庠，要是墙上没有多年蔓生的常春藤，基脚上没有远年积留的苔藓，那还能算是第一流吗？

旧的事物之所以可爱，往往是因为它有内容，能唤起人的回忆。例如阳历尽管是我们正式采用的历法，在民间则阴历仍不能废，每年要过两个新年，而且只有在旧年才肯"新桃换旧符"。明知地处亚热带，仍然未能免俗要烟熏火燎地制造常常带有尸味的腊肉。端午的龙舟粽子是不可少的，有几个人想到那"露才扬己怨怼沉江"的屈大夫？还不是旧俗相因虚应故事？中秋赏月，重九登高，永远一年一度地引起人们不可磨灭的兴味。甚至腊八的那一锅粥，都有人难以忘怀。至于供个人赏玩的东西，当然是越旧越有意义。一把宜兴砂壶，上面有陈曼生制铭镌句，纵然破旧，气味自然高雅。"楛蒲锦背元人画，金粟笺装宋版书"，更是足以使人超然远举，与古人游。我有古钱一枚，"临安府行用，准叁百文省"，把玩之余不能不联想到南渡诸公之观赏西湖歌舞。我有胡桃一对，祖父常常放在手里揉动，噶咯噶咯地作响，后来又在我父亲手里揉动，也噶咯噶咯地响了几十年，圆滑红润，有如玉髓，真是先人手泽，现在轮到我手里噶咯噶咯地响了，好几次险些儿被我的儿孙辈敲碎取出桃仁来吃！每一个破落户都可以拿了几件旧东西来，这是不足为奇的事。国家亦然。多少衰败的古国都有不少的古物，可以令人惊羡，欣赏，感慨，唏嘘！

旧的东西之可留恋的地方固然很多，人生之应该日新又新的地方亦复不少。对于旧日的典章文物我们尽管喜欢赞叹，可是我们不能永远盘桓在美好的记忆境界里，我们还是要回到这个现实的地面上来。在博物馆里我们面对商周的吉金，宋元明的书画瓷器，可是遛酸双腿走出门外便立刻要面对挤死人的公共汽车，丑恶的市招[1]，和各种饮料一律通用的玻璃杯！

旧的东西大抵可爱，唯旧病不可复发。诸如夜郎自大的脾气、奴隶制度的残余、懒惰自私的恶习、蝇营狗苟的丑态、畸形病态的审美观念，以及罄竹难书的诸般病症，皆以早去为宜。旧

---

[1] 指商店招牌和幌子等。

病才去，可能新病又来，然而总比旧疴新恙一时并发要好一些。最可怕的是，倡言守旧，其实只是迷恋骸骨；唯新是骛，其实只是摭拾皮毛，那便是新旧之间两俱失之了。

人生如博弈，全副精神去应付，还未必能操胜算。

信

早起最快意的一件事,莫过于在案上发现一大堆信——平、快、挂、七长八短的一大堆。明知其间未必有多少令人欢喜的资料,大概总是说穷诉苦琐屑累人的居多,常常令人终日寡欢,但是仍希望有一大堆信来。马可·奥勒留曾经说:"每天早晨离家时,我对我自己说,'我今天将要遇见一个傲慢的人,一个忘恩负义的人,一个说话太多的人。这些人之所以如此,乃是自然而且必要的;所以不要惊讶。'"我每天早晨拆阅来信,亦先具同样心理,不但不存奢望,而且预先料到我今天将要接到几封催命符式的讨债信,生活比我优裕而反来向我告贷的信,以及看了不能令人喜欢的喜柬,不能令人不喜欢的讣闻等。世界上是有此等人、此等事,所以我当然也要接得此等信,不必惊讶。最难堪的,是遥望绿衣人来,总是过门不入,那才是莫可名状的凄凉,仿佛是有被人遗弃之感。

有一种人把自己的文字润格订得极高,颇有一字千金之概,轻易是不肯写信的。你写信给他,永远是石沉大海。假如忽然间朵云遥颁,而且多半是又挂又快,隔着信封摸上去,沉甸甸的,又厚又重——放心,里面第一页必是抄自《尺牍大全》,"自违雅教,时切遐思,比维起居清泰为颂为祷"这么一套,正文自第二页开始,末尾于"顿首"之后,必定还要标明"鹄候回音"四个大字,外加三个密圈,此外必不可少的是另附恭楷履历硬卡片一张。这种信也有用处,至少可以令我们知道此人依然健在。此种信不可不复,复时以"……俟有机缘,定当驰告"这么一套为最得体。

另一种人,好以纸笔代喉舌,不惜工本,写信较勤。刊物的编者大抵是以写信为其主要职务之一,所以不在话下。因误会而恋爱的情人们,见面时眼睛都要迸出火星,一旦隔离,焉能不情急智生,烦邮差来传书递简?Herrick[1]有句云:"嘴唇

---

[1] 罗伯特·赫里克(Robert Herrick, 1591—1674),17世纪英国骑士派诗人。代表作《致少女:珍惜时光》《致水仙》等。

只有在不能接吻时才肯歌唱。"同样的，情人们只有在不能喁喁私语时才要写信。情书是一种紧急救济，所以亦不在话下。我所说的爱写信的人，是指家人朋友之间聚散匆匆，暌违之后，有所见，有所闻，有所忆，有所感，不愿独秘，愿人分享，则乘兴奋笔，借通情愫，写信者并无所求，受信者但觉情谊翕如，趣味盎然，不禁色起神往。在这种心情之下，朋友的信可作为宋元人的小简读，家书亦不妨当作社会新闻看。看信之乐，莫过于此。

写信如谈话。痛快人写信，大概总是开门见山。若是开门见雾，糨糨糊糊，不知所云，则其人谈话亦必是丈八罗汉，令人摸不着头脑。我又尝接得另外一种信，突如其来，内容是讲学论道，洋洋洒洒，作者虽未要我代为保存，我则觉得责任太大，万一庋藏不慎，岂不就要湮没名文。老实讲，我有收藏信件的癖好的，但亦略有抉择：多年老友，误入仕途，使用书记代笔者，不收；讨论人生观一类大题目者，不收；正文自第二页开始者，不收；用钢笔写在宣纸上，有如在吸墨纸上写字者，不收；横写或在左边写起者，不收；有加新式标点之必要者，不收；没有加新式标点之可能者亦不收；恭楷者，不收；潦草者，亦不收；作者未归道山，即可公开发表者，不收；如果作者已归道山，而仍不可公开发表者，亦不收！……因为有这样多的限制，所以收藏不富。

　　信里面的称呼最足以见人情世态。有一位业教授的朋友告诉我,他常接到许多信件,开端如果是"夫子大人函丈"或"××老师钧鉴",写信者必定是刚刚毕业或失业的学生,甚而至于并不是同时同院系的学生,其内容泰半是请求提携的意思。如果机缘凑巧,真个提携了他,以后他来信时便改称"××先生"了。若是机缘再凑巧,再加上铨叙合格,连米贴房贴算在一起足够两个教授的薪水,他写起信来便干干脆脆地称兄道弟了!我的朋友言下不胜唏嘘,其实是他所见不广。师生关系,原属雇佣性质,焉能不受阶级升黜的影响?

　　书信写作西人尝称之为"最温柔的艺术",其亲切细腻仅次于日记,我国尺牍,尤多精粹之作。但居今之世,心头萦绕者尽是米价涨落问题,一袋袋的邮件之中要拣出几篇雅丽可诵的文章来,谈何容易!

日记

日记有两种。

一种是专为自己看的。每日三省吾身,太麻烦,晚上睡前抽空反省一次就足够了,想想自己这一天做了些什么事,不必等到清夜再来扪心。如果有一善可举,即不妨泚笔记在日记上;如果自己有一些什么失检之处,不管是大德逾闲或小德出入,甚至是绝对不可告人之事,亦不妨坦白自承。这比天主教堂的"告解"还方便,比法律上的"自承犯罪"还更可取。就一般人而论,人对自己总喜欢隐恶扬善。不大肯揭自己的疮疤。但是也有人喜欢透露自己的一些以肉麻为有趣的丑事,非暴露一下心不得安。最安全的办法是写在日记上。有人怕日记被人偷看，把日记珍藏起来，锁在抽屉里。世界上就有一种人偏爱偷看人家的日记。有一种日记本别出心裁，上下封面可以勾连起来上锁。其实这也是自欺欺人之事，设有人连日记本带锁一起挟以俱去，又当如何？天下没有秘密可以珍藏，白纸黑字，大概早晚总有被人察觉的可能。所以凡是为自己看的日记而真能吐露心声、袒露原形者并不多见。

另一种日记是专为写给别人看的。这种日记写得工整，态度不免矜持，偶然也记私人琐事，也写读书心得，大体上却是做时事的记录，成为社会史的一个局部的缩影。写这种日记的人须有丰富的生活、广阔的交游，才能有值得一记的资料登上日记。我认识一位海外学人，他的日记放在案头供人阅览，打开一看好多页都近于空白，只写着"午后饮咖啡一杯"。像是在写流水账，而又出纳甚吝。我又有一位同事，年纪不老小，酷嗜象棋，能不用棋盘和高手过招，如有得意之局必定在晚上"复盘"登记在十行纸簿的日记上，什么"马二进三""车一进五"的，写得整整齐齐，置在案头供人阅览。同嗜的人并不多，有兴趣看而又能看得懂的人更少，只要肯表示一下惊讶赞叹之意，日记的主人便心满意足了。至于处心积虑地逐日写日记，准备藏之名山传诸后世，那就算是一种著述了。

以我所知的几部著名的中外日记，英国十七世纪的佩皮斯（Pepys）的日记为最有趣的之一。他两度为英国的海军大臣，乃政坛显要，被誉为英国海军之父，但是使他在历史上成大名的却是他的一部日记。他从一六六〇年一月一日起，到一六六九年五月三十一日止，这九年多的时期内，他每日必写，从无间断，写的是当时的大事，如查尔斯二世如何自法归来实行复辟、疫疬流行的惨状、伦敦的大火、对荷兰的战争等。对于戏剧及其他娱乐节目也不放过。最令人惊异的是，他写他自己的行为，如何殴打他的妻子，勾引他的女仆，如何在外拈花惹草，一夜风流，如何在他妻子为他理发时发现了二十只虱子，如何在教堂讲道时定着眼睛看女人，如何与人幽会一再被妻子捉到而悔过讨饶……都有生动的记述。这九年多的日记累积有三千零十二页之多，分装为六大册。内中许多事情不便公开，又有些私事怕家人偷看，他采用"古希腊罗马速记术"。死后捐赠给他的母校剑桥的图书馆，在那里皮藏了一百多年，蛛网尘封，无人过问，最后才被人发现予以翻译付梓。

与佩皮斯同时，也以一部日记而闻名的是约翰·伊夫林（John Evelyn）。他也是宫廷人物，但未任高职。他的日记从一六四一年起，当时他二十一岁，直到一七〇六年死前二十四天止，可以说是他的毕生行谊的记录。他是知识分子，所记内容当然有异于佩皮斯的。

我们中国文人也有不少写日记而成绩可观的,但是大部分近似读书札记,较少叙事抒情,文学史一向不把日记作者列为值得一提的人物。例如李慈铭的《越缦堂日记》六十四册,自咸丰三年至光绪十五年凡三十六年,几乎逐日有记,很少间断,洋洋大观,很值得一读,但我相信肯看的人不多。

胡适先生有一部日记,从他在北大执教时起一直到他晚年,其规模之大内容之富可能超过以往任何作者。我在上海无意中看到过他的一部分日记,用毛笔写在新月稿纸上,相当工整,其最大特色为对于时事(包括社会新闻)特为注意,经常剪贴报纸,也许是因此之故,他的日记不久就裒然成帙。他的私人生活也记得很细,甚至和友人饮宴同席的人名都记载下来。他说:"我这部日记是我留给我两个儿子的唯一的一部遗产。"因为他知道这部日记牵涉到的人太多,只有在他去世若干年后才好发表。隔好多年有一次我问他:"先生的日记是否一直继续在写?"他说:"到美国后,纸笔都没有以前那样方便,改用墨水笔和洋纸本子了,可是没有间断,不过没有从前那样详尽了。"他的日记何时才能印行,不得而知,我只盼望有朝一日可以问世,最好是完整的照相制版,不加删改,不易一字。

抗战八年,我想必有不少人亲身经历过一些可歌可泣之事。

可惜的是，很少有资格的人留下一部完整的日记。《传记文学》刊载的何成浚先生的《战争日记》是很难得的一部价值甚高的作品，内容详尽，而且文字也很简练。所记载的是他个人接触到的一些军政情况与人物，当然未能涵盖其他社会与文化方面的动态。假如有文人或学者在十四年抗战中留有完整的日记，我相信其可读性必定很高。日记只要忠实、细致就好，忸忸怩怩的文艺腔是绝对不需要的。人称抗战时期是一个"大时代"，其实没有一个时代不大，不过比较的，有些时代好像是特别热闹而已。承平时期也未尝没有可记之事。写日记不难，难在持之以恒。

在原则上，凡是人为的音乐，都应该宁缺毋滥。因为没有人为的音乐，顶多是落个寂寞。

牙签

施耐庵《水浒传·序》有"进盘飧,嚼杨木"一语,所谓"嚼杨木"就是饭后用牙签剔牙的意思。晋高僧法显求法西域,著《佛国记》,有云:"沙祇国南门道东佛在此嚼杨枝,刺土中即生……"这个"嚼"字当作"削"解。"嚼杨木"当然不是把一根杨木放在嘴里咀嚼。饭后嚼一块槟榔还可以,谁也不会吃饱了之后嚼木头。"嚼杨木"是借用"嚼杨枝"语,谓取一根牙签剔牙。杨枝净齿是西域风俗,所以在中文里也借用佛书上的名词。《隋书·真腊[1]传》:"每旦澡洗,以杨枝净齿,读诵经咒。又澡洒乃食,食罢,还用杨枝净齿,又读经咒。"可见他们的规矩在念经前和食后都要杨枝净齿。

为了好奇,翻阅赛珍珠女士译的《水浒传》,她的这一句的译文甚为奇特:"take food,chew a bit of this or that."我们若是把这句译文还原,便成了"进食,嚼一点这个又嚼一点那个",衡以"信达雅"之义,显然不信。

牙缝里塞上一丝肉,一根刺,或任何残膏剩馥,我们都会自动的本能的思除之而后快。我不了解为什么这净齿的工具需要等到五世纪中由西域发明然后才得传入中土。我们发明了罗盘火药印刷术,没能发明用牙签剔牙!

西洋人使用牙签更是晚近的事。英国到了十六世纪末年还把牙签当作一件稀奇的东西,只有在海外游历过的花花大少才口里衔着一根牙签招摇过市,行人为之侧目。大概牙签是从意大利传入英国的,而追究根源,又是从亚洲传到意大利的,想来是贸易商人由威尼斯到近东以至远东把这净齿之具带到欧洲。莎士比亚的《无事生非》中有这样的句子:"我愿从亚洲之最远的地带给你取一根牙签。"此外在其他三四出戏里也都提到

---

[1] 柬埔寨,古称真腊国或占腊。

牙签，认为那是"旅行家"的标记。以描述人物著名的散文家Overbury[1]，也是莎士比亚同时代的人，在他的一篇《旅行家》里也说："他的牙签乃是他的一项主要的特点。"可见三百年前西洋的平常人是不剔牙的。藏垢纳污到了饱和点之后也就不成问题。倒是饭后在齿颊之间横剔竖抉的人，显着矫揉造作，自命不凡！

人自谦年长曰马齿徒增，其实人不如马，人到了年纪便要齿牙摇落，至少也是齿牙之间发生罅隙，有如一把烂牌，不是一三五，就是二四六了，中间尽是嵌张！这时节便需要牙签，有象牙质的，有银质的，有尖的，有扁的，还有带弯钩的，都中看不中用。普通的是竹质的，质坚而锐，易折，易伤牙龈。我个人经验中所使用过的牙签最理想的莫过于从前北平致美斋路西雅座所预备的那种牙签。北平饭馆的规矩，饭店照例有一碟槟榔豆蔻，外带牙签，这是由堂倌预备的，与柜上无涉。致美斋的牙签是特制的，其特点第一是长，约有自来水笔那样长，拿在手中可以摆出搦毛笔管的姿势，在口腔里到处探钻无远弗届，第二是质韧，是真正最好的杨柳枝做的，拐弯抹角的地方都可以照顾得到，有刚柔相济之妙，现在台湾也有一种白柳木

---

[1] 托马斯·奥弗伯里爵士（Thomas Overbury，1581—1613），英国诗人。代表作有论婚姻的诗篇《妻子》和散文集《人物记》。

的牙签，但嫌其不够长，头上不够尖。如今想起致美斋的牙签，尤其想起当初在致美斋做堂倌后来做了大掌柜的初仁义先生（他常常送一大包牙签给我），不胜惆怅！

有些事是人人都做的，但不可当着人的面前公然做之。这当然也是要看各国的风俗习惯。例如牙签的使用，其状不雅，咧着血盆大口，狞眉皱眼，剔之，抠之，攒之，抉之，使旁观的人不快。纵然手搭凉棚放在嘴边，仍是欲盖弥彰，减少不了多少丑态。至于已经剔牙竣事而仍然叼着一根牙签昂然迈步于大庭广众之间者，我们只能佩服他的天真。

签字

　　一个人愿意怎样签他的名字,是纯属于他个人的事,他有充分自由,没有人能干涉他。不过也有一个起码的条件,他签字必须能令人认识,否则字可能失了意义,甚且带来不必要的烦扰。有一次,一个学校考试放榜前夕,因为弥封编号的关系,必须核对报名表以取得真实姓名,不料有一位考生在报名上的签字如龙飞凤舞,又如春蚓秋蛇,又似鬼画符,非籀非篆,非行非草,大家传观,各做了不同的鉴定。有人说这样的考生必非善类,不取也罢。有人惜才,因为他考试的成绩很好。扰攘了半晌,有人出了高招,轻轻地揭下他的照片,看看照片背面的签字式是否可资比较。这一招，果然有分教，约略地看出了这位匠心独运的考生的真实姓名。对于他的书法，大家都摇头。我没有追踪调查该生日后是否成了一位新潮派的画家或现代派的诗人。

支票的签字可以任意勾画，而且无妨故出奇招，令人无从辨识，甚至像是一团乱麻，漆黑一团亦无不可，总之是要令人难以模仿。不过每次签字必须一致，涂鸦也好，墨猪也好，那猪那鸦必须永远是一个模式。在其他的场合就怕不能这样自由。有不相识的人写信给我，信的本身显示他很正常，但是他的正常没有维持到底，他的姓名我无法辨识，而信又有作复的必要。我无可奈何只好把他的签字式剪下来贴在复信的信封上，是否可以寄达我就不知道了，这位先生可能有一种误会，以为他的签字是任何读书识字的人所应该一看就懂的。

我们中国的字，由仓颉起，而甲骨、而钟鼎、而篆、而隶、而行、而草、而楷，变化多端，但是那变化是经过演化而约定俗成的。即使是草书其中也有一定的标准写法，并不是每个人都可以潦草地任意大笔一挥。所以有所谓"标准草书"，草书也自有其一定的写法。从前小学颇重写字课，有些教师指定学生临写草书千字文，现在没有人肯干这种傻事了。翻看任何红白喜事的签到簿，其中总会有些令人啼笑皆非的签字式。有些画家完成巨构之后签名如画押。八大山人签字式很怪，有人说是略似"哭之笑之"，寓有隐痛。画不如八大者不得援例。

签字式最足以代表一个人的性格。王羲之的签字有几十种样式，万变不离其宗，一律的圆熟隽俏。看他的署名，不论是在笺头或是柬尾，一副翩翩的风致跃然纸上，他写的"之"字变化多端，都是摇曳生姿。世之学逸少书者多矣，没人能得其精髓，非太肥即太瘦，非太松即太紧，"羲之"二字即模仿不得。

有人沾染西俗，遇到新闻人物辄一拥而上，手持小簿，或临时撕扯的零张片楮，请求签名留念。其实那签字之后，下落多半不明，徒滋纷扰而已。我记得有一年，某省考试公费留学，某生成绩不恶，最后口试，他应答之后一时兴起，从衣袋里抽出小簿，请考试委员一一签名留念，主考者勃然大怒，予以斥退，遂至名落孙山。

雁塔题名好像是雅事，其实俗陋可哂。雁塔上题名者不仅是新进士，僧道庶士亦杂列其间。流风遗韵到今未已，凡属名胜，几乎到处都有某某到此一游的题记，甚至于用刀雕刻以期芳名垂诸久远。三代以下唯恐其不好名，不过名亦有善恶之别。

我记得某家围墙新敷水泥，路过行人中不知哪一位逸兴遄飞,拾起一块石头或木棍之类,趁水泥湿软未干,以遒劲的笔法大书"王××"三个字,事隔二十余年,其题名犹未漫漶,可惜他的大名实在不雅。

• • •

我们中国人看树,特别喜欢它的姿态,
会心处并不在多。

胖[1]

罗马的恺撒大帝,看见那面如削瓜的卡西乌斯,偷偷摸摸地,神头鬼脸地,逡巡而去,便叹息说:"我愿在我面前盘旋的都是些胖子,头发梳得光光的,到夜晚睡得着觉的人,那个卡西乌斯有消瘦而恶狠的样子;他心眼儿太多了:这种人是危险的。"这是文学上有名的对于胖子的歌颂。和胖子在一起,好像是安全,软和和的,碰一下也不要紧;和瘦子在一起便有不同的感觉,看那瘦骨嶙峋的样子,好像是磕碰不得,如果碰上去,硬碰硬,

---

[1] 本文选自台湾大林出版社1982年出版的《实秋杂文》。

彼此都不好受。恺撒大帝的性命与事业，到头来败于卡西乌斯之手，这几句话倒好像是有先见之明。

胖子大部分脾气好，这其间并无因果关系。胖子之所以胖，一定是吃得饱睡得着之故。胖子一定好吃，不好吃如何能"催肥"？胖子从来没有在床上辗转反侧的，纵然意欲胡思乱想也没有时间，头一着枕便鼾声大作了。所谓"心广体胖"，应该说，心广则万事不挂心头，则吃得饱，则睡得着，则体胖，同时脾气好。

胖子也有心眼窄的。我就认识一位胖子，很胖的胖子，人皆以"胖子"呼之，他虽不正式承认，但有时一呼即应，显然是默认的。"胖子"的称呼并不是侮辱的性质，多少带有一点亲热欢喜微加一点调侃的意味。我们对盲者不好称之为"瞎子"，对跛者不好称之为"瘸子"，对瘦者亦不好称之为"排骨"，唯独对胖子则不妨直截了当地称之为"胖子"，普通的胖子均不以为忤。有一天我和我的很胖的胖子朋友说："你的照片有商业价值，可以做广告用。"他说："给什么东西做广告呢？"我说："婴儿自己药片。"他怫然色变，从此很少理我。

年事渐长的人，工作日繁，而运动愈少，于是身体上便开始囤积脂肪，而腹部自然地要渐渐呈锅形。腰带上的针孔便要嫌其不敷用。终日鼓腹而游，才一走动便气咻咻。然对于这样的人我渐渐地抱有同情了。一个人随身永远携带着一二十斤板油，负担当然不小，天热时要融化，天冷时怕凝冻，实在很苦。若遇到饥荒的年头，当然是瘦子先饿死，胖子身上的脂肪可以发挥驼峰的作用慢慢地消受，不过正常的人也未必就有这种饥荒心理。

胖瘦与妍媸有关，尤其是女人们一到中年便要发福，最需要加以调理，或用饿饭法，尽量少吃，或用压缩法，用钢条橡皮制成的腰箍，加以坚韧的绳子细细绷捆，仿佛做素火腿的方法，硬把浮膘压紧。有人满地打滚、翻筋斗、竖蜻蜓、虾米弯腰、鲤鱼打挺，企求减削一点体重。男人们比较放肆一些，传统的看法还以为胖不是毛病。《世说新语》记载的王羲之袒腹东床的故事，虽未说明王逸少的腹围尺码，我想凡是值得一袒的肚子大概不会太小，总不会是稀松干瘪的。

听说南部有报纸副刊记载我买皮带系腰的故事，颇劳一些友人以此见询。在台湾买皮带确是相当困难。我在原有皮带长度不敷应用的时候想再买一根颇不易得，不知道是否由于这地方太阳晒得太凶，体内水分挥发太快的缘故，本地的胖子似乎比较少见。我尚不够跻于胖子之林，但因为我向不会作诗，"饭颗山头逢杜甫"的情形是绝不会有的，而且周伯仁"清虚日来，滓秽日去"的功夫也还没有做到，所以竟为一根皮带而感到困惑，倒是确有其事。不过情势尚不能算为恶劣。像妥尔斯塔夫那样，自从青春以后就没有看见过自己的脚趾，一跌倒就需要起重机，我一向是引为鉴戒的。

名片

名片不是什么特殊阶级所特有的,人人都可享用。上自达官贵人,下至妓娼走贩,只消你有一个名字,再只消你有几角钱,你便可印一盒名片。

名片的种类式样之多,就如同印名片的人一样。有足以令人发笑的,有足以令人骇怕的,也有足以令人哭不得笑不得的。若有人把各式的名片聚集起来,恐怕比香烟里的画片还更有趣。

官僚的名片,时行的是单印名姓,不加官衔。其实官做大了,人就自然出名,官衔的名片简直用不着。唯独有一般不大不小的人物,印起名片来,深恐自己的姓名太轻太贱,压不住那薄薄的一张纸，于是把古往今来的官衔一齐的印在名片上，望上去黑糊糊的一片，就好像一个人的背上驮起一块大石碑。

身通洋务，或将要身通洋务的先生，名片上的几个英文字是少不得的，"汤姆""查利"都成，甚而再冠上一个声音相近的外国姓。因为名片也者，乃是一个人的全部人格的表现。

第四章

寂寞是清福

我所谓的寂寞,是随缘偶得,无须强求,一刹间的妙悟也不嫌短,失掉了也不必怅惘。

谈礼

礼不是一件可怕的东西,不会"吃人"。礼只是人的行为的规范。人人如果都自由行动,社会上的秩序必定要大乱,法律是维持秩序的一套方法,但是关于法律的力量不及的地方,为了使人能更像是一个人,使人的生活更像是人的生活,礼便应运而生。礼是一套法则,可能有官方制定的成分在内,亦可能有世代沿袭的成分在内,在基本精神上还是约定俗成的性质,行之既久,便成为大家公认共守的一套规则。一套礼法也不是一成不变的,事实上是随时在变,不过可能变得很慢,可能赶不上时代环境之变迁得那样快,因此至少在形式上可能有一部分变成不合时宜的东西。礼,除非是太不合理,总是比没有礼好。这道理有一点像"坏政府胜于无政府"。有些人以为礼是陈腐的有害的东西,这看法是不对的。

我们中国是礼仪之邦,一向是重礼法的。见于书本的古代的祭礼、丧礼、婚礼、士相见礼,等等,那是一套。事实上,社会上流行的又是一套,现行的一套即是古礼之逐渐的个别的修正,虽然各地情形不同,大体上尚有规模存在,等到中西文化接触之后便比较有紊乱的现象了。紊乱尽管紊乱,礼还是有的,制礼定乐之事也许不是当前急务,事实上吾人之生活中未曾一日无礼的活动。问题是我们是否认真地、严肃地遵循着礼。孔门哲学以"克己复礼"为做人的大道理,意即为吾人行事应处处约束自己使合于礼的规范。怎样才是非礼勿视,非礼勿言,非礼勿动,那是值得我们随时思考警惕的。

读书人应该知道礼,但是有些人偏不讲礼,即所谓名士。六朝时这种名士最多,《世说新语》载阮籍的一句话最有趣:"礼岂为我辈设也?"好像礼是专为俗人而设。又载这样的一段故事:

阮步兵丧母,裴令公往吊之。阮方醉,散发坐床,箕踞不哭。裴至,下席于地,哭,吊唁毕便去。或问裴:"凡吊,主人哭,容乃为礼,阮既不哭,君何为哭?"裴曰:"阮方外之人,故不崇礼制，我辈俗中人，故以仪轨自居。"时人叹为两得其中。

没有阮籍之才的人，还是以仪轨自居为宜。像阮步兵之流，我们可以欣赏，不可以模仿。

中西礼节不同。大部分在基本原则上并无二致，小部分因各有传统亦不必强同。以中国人而用西方的礼，有时候觉得颇不合适，如必欲行西方之礼则应知其全部底蕴，不可徒效其皮毛，而乱加使用。例如，握手乃西方之礼，但后生小子在长辈面前不可首先遽然伸手，因为长幼尊卑之序终不可废，中西一理。再例如，祭祖先是我们家庭传统所不可或缺的礼，其间绝无迷信或偶像崇拜之可言，只是表示"慎终追远"的意思，亦合于我国所谓之孝道，虽然是西礼之所无，然义不可废。我个人觉得，凡是我国之传统，无论其具有何种意义，苟非荒谬残酷，均应不轻予废置。再例如，电话礼貌，在西方甚为重视，访客之礼，探病之礼，均有不成文之法则，吾人亦均应妥为仿行，不可忽视。

礼是形式，但形式背后有重大的意义。

聋[1]

我写过一篇《聋》。近日聋且益甚。英语形容一个聋子,"聋得像是一根木头柱子""像是一条蛇""像是一扇门""像是一只甲虫""像是一只白猫"。我尚未聋得像一根木头柱子或一扇门那样。蛇是聋的,我听说过,弄蛇者吹起笛子就能引蛇出洞,使之昂首而舞,不是蛇能听,是它能感到音波的震动。甲虫是否也聋,我不大清楚。我知道白猫是绝对不聋的。我们家的白猫王子,岂但不聋,主人回家时房门钥匙转动作响,它

---

[1] 选自台湾九歌出版社1985年出版的《雅舍散文》。

就会竖起耳朵蹿到门前来迎。我喊它一声，它若非故意装聋，便立刻回答我一声，我虽然听不见它的答声，我看得见它因作答而肚皮微微起伏。猫不聋，猫若是聋，它怎能捉老鼠，它叫春做啥？

我虽然没有全聋，可是也聋得可以。我对于铃声特别的难于听得入耳。普通的闹钟，响起来如蚊鸣，焉能唤醒梦中人。菁清给我的一只闹钟，铃声特大，足可以振聋发聩。我把它放在枕边。说也奇怪，自从有了这个闹钟，我还不曾被它闹醒过一次。因为我心里记挂着它，总是在铃响半小时之前先已醒来，急忙把闹钟关掉。我的心里有一具闹钟。里外两具闹钟，所以我一向放心大胆睡觉，不虞失时。

门铃就不同了。我家门铃不是普通一按就嗞嗞响的那种，也不是像八音盒似的那样叮叮当当地奏乐，而是一按就啾啾啾啾如鸟鸣。自从我家的那只画眉鸟死了之后，我久矣夫不闻爽朗的鸟鸣。如今门铃啾啾叫，我根本听不见。客人猛按铃，无人应，往往废然去。如果来客是事前约好的，我就老早在近门处恭候，打开大门，还有一层纱门，隔着纱门看到人影幢幢，便去开门迎客。"老聃之弟子，有亢仓子者，得聃之道，能以耳视而目听。"（《列子·仲尼》）耳视我办不到，目听则庶几近之。客人按铃，我听不见铃响，但是我看见有人按铃了。

电话对我又是一个难题。电话铃没有特大号的，而且打电话来的朋友大半都性急，铃响三五声没人应，他就挂断，好像人人都该随时守着电话机听他说话似的。凡是电话来，未必有好消息，也未必有什么对我有利之事。但是朋友往还，何必曰利？有人在不愿接电话的时间内，拔掉插头，铃就根本不会响。我狠不下这份心。无可奈何，我装上几个分机，书桌上、枕边、饭桌旁、客厅里。尽管如此，有时还是听不到铃响，俟听到时对方不耐烦而挂断了。

有一位好心的读者写信来说："先生不必为聋而烦恼，现在有一种新的办法，门铃或电话机上都可以装置一盏红色电灯泡，铃响同时灯亮。"我十分感谢这位读者对我的关怀。这也是以目代耳的办法，我准备采纳。不过较根本解决的办法，是大家体恤我的耳聋，不妨常演王徽之雪夜访戴的故事，而我亦绝不介意门可罗雀的景况之出现。需要一通情愫的时候，假纸笔代喉舌，写个三行五行的短笺，岂不甚妙？我最向往六朝人的短札，寥寥数语，意味无穷。

朋友们时常安慰我说："耳聋焉知非福？首先，这年头儿噪音太多，轰隆轰隆的飞机响、呼啸而过的汽车机车声、吹吹打打的丧车行列、噼噼啪啪的鞭炮、街头巷尾装扩音器大吼的小贩、舍前舍后成群结队的儿童锐声尖叫……这些噪音不听也罢,落得耳根清净。"话是不错,不过我尚无这么大的福分,尚未到泰山崩于前而不动声色的地步,种种噪音还是多多少少使我心烦。饶是我聋,我还向往古人帽子上簪笄两端悬着两块充耳琇莹,多少可以挡住一点噪音。

"'人嘴两张皮',最好飞短流长,造谣生事,某某畸恋,某某婚变,某某逃亡,某某犯案,凡是报纸上的社会新闻都会说得如数家珍。这样长舌的人到处都有,令人听了心烦,你听不见也就罢了,你没有多少损失。至少有人骂你,挖苦你,讽刺你,你充耳不闻,当然也就不会计较,也就不会耿耿于怀,省却许多烦恼。"别人议论我,我是听不见,可是我知道他在议论我,因为他斜着眼睛睨视我的那副神气不能使我没有感觉。而且我知道他所议论的话,大概是谑而不虐、无伤大雅的,因为他议论风生的时候嘴角常是挂着一丝微笑,不可能含有多少恶意。何况这年头儿,难得有人肯当面骂人,凡是恶言恶语多半是躲在你背后说。所以,聋固然听不见人骂,不聋,也听不见。

有人劝我学习唇读法,看人的嘴唇怎样动就可以知道他说的是什么话。假如学会了唇读,我想也有麻烦,恐怕需要整天地睁一眼闭一眼,否则凡是嘴唇动的人你都会以目代耳,岂不烦死人?耳根刚得清净,眼根又不得安宁了。"吉人之辞寡,躁人之辞多。"难得遇到吉人,不如索性安于聋聩。

安于聋聩亦非易易。因为大家习惯了把我当作一个耳聪的人,并且不习惯于和一个聋子相处。看人嘴唇动,我可不敢唯唯否否,因为何时宜唯唯,何时宜否否,其间大有讲究。我曾经一律以点头称是来应付,结果闹出很尴尬的场面。我发现最好的应付方法是面部无表情,做白痴状。瞎子常戴黑眼镜,走路时以手杖探地,人人知道他是瞎子,都会躲着他。聋子没有标志,两只耳朵好好的,不像是什么零件出了毛病的人。还有热心人士会附在我耳边窃窃私语,其实吱吱喳喳的耳语我更听不见,只觉得一口口的唾沫星子喷在我的脸上,而且只好听其自干。

让

初到西方旅游的人，在市区中比较交通不繁的十字路口，看到并无红绿灯指挥车辆，路边常竖起一个牌示，大书"Yield"一个字，其义为"让"，觉得奇怪。等到他看见往来车辆的驾驶人，一见这个牌示，好像是面对纶缚一般，真个地把车停了下来，左顾右盼，直到可以通行无阻的时候才把车直驶过去。有时候路上根本并无车辆横过，但是驾驶人仍然照常停车。有时候有行人穿越，不分老少妇孺，他也一律停车，乖乖地先让行人通过。有时候路口不是十字，而是五六条路的交叉路口，则高悬一盏闪光警灯，各路车辆到此一律停车，先到的先走，后到的后走。

这种情形相当普遍，他更觉得奇怪了，难道真是礼失而求诸野？

据说："让"本是我们"固有道德"的一个项目，谁都知道"孔融让梨""王泰推枣"的故事。《左传》老早就有这样的嘉言："让，德之主也。"（昭·十）"让，礼之主也。"（襄·十三）《魏书》卷二十记载着东夷弁辰国的风俗："其俗，行者相逢，皆住让路。"当初避秦流亡海外的人还懂得"行者相逢皆住让路"的道理，所以史官秉笔特别标出，表示礼让乃泱泱大国的流风遗韵，远至海外，犹堪称述。我们抛掷一根肉骨头于群犬之间，我们可以料想到将要发生什么情况。人为万物之灵，当不至于狼奔豕突地攘臂争先地夺取一根骨头。但是人之异于禽兽者几希，从日常生活中，我们可以窥察到懂得克己复礼的道理的人毕竟不太多。

在上下班交通繁忙的时刻，不妨到十字路口伫立片刻，你会看到形形色色的车辆，有若风驰电掣，目不暇给。从前形容交通频繁为车水马龙，如今马不易见，车亦不似流水，直似迅濑哮吼，惊波飞薄。尤其是一溜臭烟噼噼啪啪呼啸而过的成群机车，左旋右转，见缝就钻，比电视广告上的什么狼什么豹的还要声势浩大。如果车辆遇上红灯摆长队，就有性急的骑机车的拼命三郎鱼贯蹿上红砖道，舍正路而弗由，抄捷径以赶路，红砖道上的行人吓得心惊胆战。十字路口附近不是没有交通警察，他偶尔也在红砖道上踩跶，机车骑士也偶尔被拦截，但是刚刚拦住一个，十个八个又嗖地飞驰过去了。不要以为那些骑士都是汲汲地要赶赴死亡约会，他们只是想省时间，所以不肯排队，红砖道空着可惜，所以权为假道之计。骑车的人也许是贪睡懒觉，争着要去打卡，也许有什么性命交关的事耽误不得，行人只好让路。行人最懂得让，让车横冲直撞，不敢怒更不敢言，车不让人人让车，我们的路上行人维持了我们传统的礼让。什么时候才能人不让车车让人，只好留待高谈中西文化的先生们去研究了。

大厦七层以上，即有电梯。按常理，电梯停住应该让要出来的人先出来，然后要进去的人再进去，和公共汽车的上下一样。但是我经常看见一些野性未驯的孩子，长头发的恶少，以及绅士型的男士和时装少妇，一见电梯门启，便疯狂地往里挤，把里面要出来的人憋得唧唧叫。公共场所如电影院的电梯门前总是拥挤着一大群万物之灵，谁也不肯遵守先来后到的顺序而退让一步。

有人说，我们地窄人稠，所以处处显得乱哄哄。例如任何一个邮政支局，柜台里面是桌子挤桌子，柜台外面是人挤人，尤其是邮储部门人潮汹涌，没有地方从容排队，只好由存款簿图章在柜台上排队。可见大家还是知道礼让的。只是人口密度太高，无法保持秩序。其实不然，无论地方多么小，总可以安排下一个单行纵队，队可以无限伸长，伸到街上去，可以转弯，可以队首不见队尾，循序向前挪移，岂不甚好？何必存款簿图章排队而大家又在柜台前挤作一团？说穿了还是争先恐后，不肯让。

小的地方肯让，大的地方才会与人无争。争先是本能，一切动物皆不能免；让是美德，是文明进化培养出来的习惯。孔子曰："当仁不让于师。"只有当仁的时候才可以不让，此外则一定当以谦让为宜。

挤

我最怕到公众的地方去,因为我怕挤。买火车票的时候,你就是不想挤,别人能把你挤进去,能把你挤得两脚离地一尺多高。买邮票的时候,会有十几只胳臂从你的头上、肩上、嘴巴下、腋肘下伸过来。你下电车的时候,常会有愣头愣脑的人逆水行舟似的往里撞,撞了你的鼻尖,他还怪你碍他的事。总之,有人的地方就要挤。挤是个人的自由,神圣不可侵犯的;被挤是中国国民的义务,不可幸免的。并且要挤大家挤,挤是一种民众运动,没有贵贱老幼之别。至于没有力量挤的人,根本就是老朽分子,不配生在革命的时代。

据到过帝国主义的国邦的人说,帝国主义者却不爱挤,他们买车票的时候,或其他人多杂乱的地方,往往自动地排成一长列,先来者居首,后来者殿后,按序递进,鱼贯而行。他们的这种办法,还是没有我们的好,我们中国的办法有多么热闹,何等的率真!如其我们要学他们的办法,也要从下一代学起,我们这辈的中年人,骨头都长成了,要改也改不了!

书，本身就有情趣，可爱，大大小小形形色色的书，立在架上，放在案头，摆在枕边，无往而不宜。

谦让

谦让仿佛是一种美德，若想在眼前的实际生活里寻一个具体的例证，却不容易。类似谦让的事情近来似很难得发生一次。就我个人的经验说，在一般宴会里，客人入席之际，我们最容易看见类似谦让的事情。

一群客人挤在饭厅里，谁也不肯先坐，谁也不肯坐首座，好像"常常登上座，渐渐入祠堂"的道理是人人所不能忘的。于是你推我让，人声鼎沸。辈分小的，官职低的，垂着手远远地立在屋角，听候调遣。自以为有占首座或次座资格的人，无不攘臂而前，拉拉扯扯，不肯放过他们表现谦让的美德的机会。

有的说："我们叙齿，你年长！"有的说："我常来，你是稀客！"有的说："今天非你上座不可！"事实固然是为让座，但是当时的声浪和唾沫星子却都表示像在争座。主人面见着一张笑脸，偶然插一两句嘴，作鹭鸶笑。这场纷扰，要直到大家的兴致均已低落，该说的话差不多都已说完，然后急转直下，突然平息，本就该坐上座的人便去就了上座，并无苦恼之相，而往往是显着踌躇满志顾盼自雄的样子。

我每次遇到这样谦让的场合，便首先想起《聊斋》上的一个故事：一伙人在热烈地让座，有一位扯着另一位的袖子，硬往上拉，被拉的人硬往后躲，双方势均力敌，突然间拉着袖子的手一松，被拉的那只胳臂猛然向后一缩，胳臂肘尖正撞在后面站着的一位驼背朋友的两只特别突出的大门牙上，喀吱一声，双牙落地！我每忆起这个乐极生悲的故事，为明哲保身起见，在让座时我总躲得远远的。等风波过后，剩下的位置是我的，首座也可以，坐上去并不头晕，末座亦无妨，我也并不因此少吃一嘴。我不谦让。

考让座之风之所以如此地盛行，其故有二。第一，让来让去，每人总有一个位置，所以一面谦让，一面稳有把握。假如主人宣布，位置只有十二个，客人却有十四位，那便没有让座之事了。第二，所让者是个虚荣，本来无关宏旨，凡是半径都是一般长，所以坐在任何位置（假如是圆桌）都可以享受同样的利益。假如明文规定，凡坐过首席若干次者，在铨叙上特别有利，我想让座的事情也就少了。我从不曾看见，在长途公共汽车车站售票的地方，如果没有木制的长栅栏，而还能够保留一点谦让之风！因此我发现了一般人处世的一条道理，那便是：可以无须让的时候，则无妨谦让一番，于人无利，于己无损；在该让的时候，则不谦让，以免损己；在应该不让的时候，则必定谦让，于己有利，于人无损。

小时候读到"孔融让梨"的故事，觉得实在难能可贵，自愧弗如。一只梨的大小，虽然是微屑不足道，但对于一个四五岁的孩子，其重要或者并不下于一个公务员之心里盘算简、荐、委。有人猜想，孔融那几天也许肚皮不好，怕吃生冷，乐得谦让一番。我不敢这样妄加揣测。不过我们要承认，利之所在，可以使人忘形，谦让不是一件容易的事。"孔融让梨"的故事，发扬光大起来，确有教育价值，可惜并未发生多少实际的效果：今之孔融，并不多见。

谦让作为一种仪式，并不是坏事，像天主教会选任主教时所举行的仪式就蛮有趣。就职的主教照例地当众谦逊三回，口说"nolo episcopari"意即"我不要当主教"，然后照例地敦促三回终于勉为其难了。我觉得这样的仪式比宣誓就职之后再打通电声明固辞不获要好得多。谦让的仪式行久了之后，也许对于人心有潜移默化之功，使人在争权夺利奋不顾身之际不知不觉地也举行起谦让的仪式。可惜我们人类的文明史尚短，潜移默化尚未能奏大效，露出原始人的狰狞面目的时候要比雍雍穆穆地举行谦让仪式的时候多些。我每次从公共汽车售票处杀进杀出，心里就想先王以礼治天下，实在有理。

让座

男女向例是不平等的,电车里只有男子让女子座,而没有女子让男子座的事。但是这一句话,语病也就不小。听说在日本帝国,有时候女子让座给男子;在我们这个上海,有很多的时候男子并不让座给女子,这不但是听说,我并且曾经目睹了。

据说让座一举,创自欧西,我曾潜心考察,恐系不诬。因为电车上让座的先生们,从举止言谈方面观察,似乎都是出洋游历过的,至少也是有一点"未出先洋"的风景。所以电车上让座,乃欧风东渐以后的一点现象。又据说,让座之风在欧西现已不甚时髦,而在我们上海反倒时行,盖亦"礼失而求诸野"乎？

一个年逾半百而其外表又介乎老妈子与太太之间的女人，和一个豆蔻年华而其装束又介乎电影明星与大家闺秀的女人，这在男子的眼里，是有分别的。对于前者，大半是不让座，即使是让，也只限于让座，在心灵上不起变化。

我们若把让座当作完全是礼貌，这便无谓；若把让座当作心灵上的慰藉，这便无赖。最好是看看有无让座的必要。譬如说，一位女郎上车了，她的小腿的粗细和你的肚子的粗细差不很多，你让座做甚？叫她站一会儿好了。又一位女郎上车了，足部占面积甚小，腰部占空间甚多，左手拉着孩子，右手提着一瓶酱油，你还不赶快让座？

谈谜

"谜"字不见经传,始见于六朝,即"迷"之俗字,亦即古之"隐语"。"谜"这个东西,当然发生很早,远在"谜"这个字出现之前。然而亦不会太早,因为这究竟是一种文字游戏,一定是文明有相当发展时才能生出来的。"谜"最兴盛的时候,即是八股文最兴盛的时候,因为谜与八股都是文字游戏,并且习八股者熟读四书五经,除蓄意要"代圣人立言"之外,间有机智之士,截取经文,创制为谜,颠之倒之,工益求工,遂多巧妙之作。谜之取材,大半出于四书五经,正因四书五经为制谜者与猜谜者所共同熟诵之书,并且以"圣贤之书"供游戏之用，格外显得滑稽。所以，谜在八股文盛行的时候发达起来，成为艺苑支流，文人余事。古谜率皆平浅朴拙，"黄绢幼妇"之类已经算是难得的佳话了，因古人无此闲情逸致，纵有闲情逸致，亦另有出路，不必在四书五经之内寻章摘句探赜钩深；唯有八股文人，才愿在文字上镂心雕肝地卖弄聪明。所以我每次欣赏一个佳谜，总觉得谜的背后隐着一个面黄肌瘦强作笑容的八股书生。我想，科举已废，猜谜一道将要式微了罢？

以上是说文人之谜。民间也有谜。乡间男女，目不识丁，而瓜棚豆架，没有不懂猜谜之乐的。他们的谜，固然浅陋可嗤，然而在粗率的人看来，已经是很费心机的了。民间的谜，还谈不到文字游戏，只是最简单的思想上的游戏。一般小孩子都欢喜猜谜，小学教科书以及儿童读物里也有采用谜的。大概猜谜的游戏除了供文人消遣之外还可以给一般的没有多少知识的人（乡民与孩提）以很大的愉乐罢？民间的谜与儿童的谜往往采用韵语的形式，也正因为韵语乃平民与儿童所最乐于接受的缘故。

在英国文学史里，谜也有它的地位，但是一个不重要的地位。在八世纪初，有一位诗人名奇尼乌尔夫（Cynewulf），据说他作过九十五首谜诗，保存在那著名的古英文学宝库之一的"*Exeter Book*"里面。这些谜之所以成为古英文学的一部分，是因为，古英文学根本不很丰富，所以用现代眼光看来没有什么文学价值的东西，在古英文学的堆里便显得有相当精彩了。这些谜，若是近代人作的，恐怕没有人肯加以一顾。只因为它古，所以我们觉得它难能可贵。我现在试译一首于下，以见一斑。

《蠹虫》
虫子吃字！
我觉得是件怪事——
一只虫子能吞人的言语，
黑暗中偷去有力的辞句，
强者的思想；而这鬼东西
吃了文字却也不见得就更伶俐！

这已经是比较的有趣的一首了。我们却不能不认为是很浅陋的（对于这个题目感觉兴趣的人，请看 A.T.Wyaff 编 "*Old English Riddies*"，Boston，1912）。古英文的时代过去了以后，谜就不再能在文学史里占一席之地了。谜不见得是没有人做，至少文学家是不干这套把戏了。英国的文学家不是不做文字游戏，他们也常常在文字上弄出一些小巧的玩意儿，例如，巢塞的 ABC 诗，以及 17 世纪诗人创制的什么"塔形诗""柱形诗"之类，都是。然而这不是谜。文学家不再感觉谜有什么趣味，所以不再做谜,即使做谜,文学史家也绝不在文学史里给谜留任何位置。

在外国的民间,谜是很流行的。十几年来盛行的 Cross Word Puzzle 也即是谜。外国儿童读物里也有许多的谜。谜能给一般民众与儿童以愉快,无间中外,是完全一样的。

不过撇开民间流行的谜和儿童读物里的谜不谈,单说谜与文人的关系,我们不能不承认,中外的情形相差很远。外国的谜(例如我上面所译的一个),虽然是文人做的,在性质上也和民间的儿童的谜没有多大分别,都是属于"状物"一类,其谜面是一段形容,其谜面是一句文字,谜底还是一句文字。因此,中国文人的谜,比外国的深奥、曲折、工巧。

从一方面看,中国文人之风雅是外人所不及的,虽是游戏也在文字范围之内,不似外国文人以驰马摇船等粗野的事为消遣。但从另一方面看,我们却感觉到中国旧式文人的生活之干枯单调,使得他们以剩余的精力消耗在文字游戏上面。中国文人最善于"舞文弄墨",最善做勾心斗角文章,做八股文做策论是他们的职业,做谜猜谜也是他们的余兴,一贯的是在文字上翻花样。后天获得的习性是否遗传,我们不敢说,不过在文字上翻花样的习惯,确像是已变成为中国文人的天性了。

文学中类似谜的"譬喻法""双关语""象征主义"之类,都不是本文所欲谈的,故不及。

读画

《随园诗话》:"画家有读画之说,余谓画无可读者,读其诗也。"随园老人这句话是有见地的。"读"是"读诵之意",必有文章词句然后方可读诵,画如何可读?所以"读画云者",应该是"读诵画中之诗"。

诗与画是两个类型,在对象、工具、手法,各方面均不相同。但是类型的混淆,古已有之。在西洋,所谓"Ut pictura poesis[1]","诗既如此,画亦同然",早已成为艺术批评上的

---

[1] 拉丁语,贺拉斯《诗艺》中讨论绘画的言论"诗亦如画"。

一句名言。我们中国也特别称道王摩诘的"画中有诗,诗中有画"。毕竟诗与画是各有领域的。我们读一首诗,可以欣赏其中景物的描写,所谓"历历如绘"。如诗之极致究竟别有所在,其着重点在于人的概念与情感。所谓诗意、诗趣、诗境,虽然多少有些抽象,究竟是以语言文字来表达最为适宜。我们看一幅画,可以欣赏其中所蕴藏的诗的情趣,但是并非所有的画都有诗的情趣,而且画的主要的功用是在描绘一个意象。我们说读画,实在是在画里寻诗。

"蒙娜丽莎"的微笑,即是微笑,笑得美,笑得甜,笑得有味道,但是我们无法追问她为什么笑,她笑的是什么。尽管有许多人在猜这个微笑的谜,其实都是多此一举。有人以为她是因为发现自己怀孕了而微笑,那微笑代表女性的骄傲与满足。有人说:"怎见得她是因为发觉怀孕而微笑呢?也许她是因为发觉并未怀孕而微笑呢?"这样的读下去,是读不出所以然来的。会心的微笑,只能心领神会,非文章词句所能表达。像《蒙娜丽莎》这样的画,还有一些奥秘的意味可供揣测,此外像Watts[1]的《希望》,画的是一个女人跨在地球上弹着一只断了

---

[1] 瓦茨(George Frederic Watts,1817—1904),英国画家、雕塑家。代表作油画《希望》《爱神与死神》等。

弦的琴，也还有一点象征的意思可资领会，但是Soroll[1]的《二姊妹》，除了耀眼的阳光之外还有什么诗可读？再如Sully[2]的《戴破帽子的孩子》，画的是一个孩子头上顶着一个破帽子，除了那天真无邪的脸上的光线掩映之外还有什么诗可读？至于Chase[3]的一幅《静物》，可能只是两条死鱼翻着白肚子躺在盘上，更没有什么可说的了。

也许中国画里的诗意较多一点。画山水不是《春山烟雨》，就是《江皋烟树》，不是《云林行旅》，就是《远浦帆归》，只看画题，就会觉得诗意盎然。尤其是文人画家，一肚皮不合时宜，在山水画中寄托了隐逸超俗的思想，所以山水画的境界成了中国画家人格之最完美的反映。即使是小幅的花卉，像李复堂、徐青藤[4]的作品，也有一股豪迈潇洒之气跃然纸上。

---

[1] 乔昆·索罗拉亚·巴斯蒂达（Joaquin Sorollay Bastida，1863—1923），西班牙著名的印象派画家。
[2] 托马斯·苏利（Thomas Sully，1783—1872），出生于英国的美国肖像画画家。画中人物理想化及戏剧化。
[3] 威廉·梅里特·莱斯（William Merritt Chase，1849—1916），美国画家和艺术教育家。擅长肖像画、风景画和静物画。
[4] 李复堂（1686—1762），清代画家，"扬州八怪"之一。擅长画花卉、松石，多学徐渭的写意画法。
徐青藤（1521—1593），明代嘉靖、万历年间的大画家，"青藤道人"的名号最著名。他的大写意画风影响了后世的八大山人、扬州八怪，以及近代海上画派等。

画中已经有诗,有些画家还怕诗意不够明显,在画面上更题上或多或少的诗词字句。自宋以后,这已成了大家所习惯接受的形式,有时候画上无字反倒觉得缺点什么。中国字本身有其艺术价值,若是题写得当,也不难看。西洋画无此便利,《拾穗人》上面若是用鹅翎管写上一首诗,那就不堪设想。在画上题诗,至少说明了一点,画里面的诗意有用文字表达的必要。一幅酣畅的泼墨画,画着两棵大白菜,墨色浓淡之间充分表示了画家笔下控制水墨的技巧,但是画面的一角题了一行大字:"不可无此味,不可有此色。"这张画的意味不同了,由纯粹的画变成了一幅具有道德价值的概念的插图。金冬心[1]的一幅墨梅,篆籀纵横,密圈铁线,清癯高傲之气扑人眉宇,但是半幅之地题了这样的词句:"晴窗呵冻,写寒梅数枝,胜似与猫儿狗儿盘桓也……"顿使我们的注意力由斜枝细蕊转移到那个清高的画士。画的本身应该能够表现画家所要表现的东西,不需另假文字为之说明,题画的办法有时使画不复成为纯粹的画。

我想画的最高境界不是可以读得懂的,一说到读便牵涉到文章词句,便要透过思想的程序,而画的美妙处在于透过视觉而直诉诸人的心灵。画给人的一种心灵上的享受,不可言说,说便不着。

---

[1] 金农(1687—1763),清代书画家,号冬心先生,"扬州八怪"之首。

书

从前的人喜欢夸耀门第，纵不必家世贵显，至少也要是书香人家才能算是相当的门望。书而曰香，盖亦有说。从前的书，所用纸张不外毛边连史之类，加上松烟油墨，天长日久密不通风，自然生出一股气味，似沉檀非沉檀，更不是桂馥兰馨，并不沁人脾胃，亦不特别触鼻，无以名之，名之曰书香。书斋门窗紧闭，乍一进去，书香特别浓，以后也就不大觉得。现代的西装书，纸墨不同，好像有一股煤油味，不好说是书香了。

不管香不香，开卷总是有益。所以世界上有那么多有书癖的人，读书种子是不会断绝的。买书就是一乐，旧日北平琉璃厂隆福寺街的书肆最是诱人，你迈进门去向柜台上的伙计点点头便直趋后堂，掌柜的出门迎客，分宾主落座，慢慢地谈生意。不要小觑那位书贾，关于目录版本之学他可能比你精。搜访图书的任务，他代你负担，只要他摸清楚了你的路数，一有所获立刻专人把样函送到府上，合意留下翻看，不合意他拿走，和和气气。书价么，过节再说。在这样情形之下，一个读书人很难不染上"书淫"的毛病，等到四面卷轴盈满，连坐的地方都不容易匀让出来，那时候便可以顾盼自雄，酸溜溜地自叹："丈夫拥书万卷，何假南面百城？"现在我们买书比较方便，但是搜访的乐趣，搜访而偶有所获的快感，都相当地减少了。挤在书肆里浏览图书，本来应该是像牛吃嫩草，不慌不忙地，可是若有店伙眼睛紧盯着你，生怕你是一名雅贼，你也就不会怎样地从容，还是早些离开这是非之地好些。更有些书不裁毛边，干脆拒绝翻阅。

"郝隆七月七日，出日中仰卧，人问其故，曰：'我晒书'。"（见《世说新语》）郝先生满腹诗书，晒书和日光浴不妨同时举行。恐怕那时候的书在数量上也比较少，可以装进肚里去。司马温公也是很爱惜书的，他告诫儿子说："吾每岁以上伏及重阳间视天气晴明日，即净几案于当日所，侧群书其上以晒其脑。所以年月虽深，从不损动。"书脑即是书的装订之处，翻页之处则曰书口。司马温公看书也有考究，他说："至于启卷，必先几案洁净，藉以茵褥，然后端坐看之。或欲行看，即承以方版，未尝敢空手捧之，非惟手污渍及，亦虑触动其脑。每至看竟一版，即侧右手大指，面衬其沿，而覆以次指捻面，捻而挟过，故得不至揉熟其纸。每见汝辈多以指爪撮起，甚非吾意。"[1]我们如今的图书不这样名贵，并且装订技术进步，不像宋朝的"蝴蝶装"那样的娇嫩，但是读书人通常还是爱惜他的书，新书到手先裹上一个包皮，要晒，要揩，要保管。我也看见过名副其实的收藏家，爱书爱到根本不去读它的程度，中国书则锦函牙签，外国书则皮面金字，庋置柜橱，满室琳琅，真好像是琅嬛福地，书变成了陈设，古董。

有人说："借书一痴，还书一痴。"有人分得更细："借书一痴，惜书二痴，索书三痴，还书四痴。"大概都是有感于书之有借无还。书也应该深藏若虚，不可慢藏诲盗。最可恼的是全书一套借去一本，久假不归，全书成了残本。明人谢肇淛编《五杂组》，记载一位"虞参政藏书数万卷，贮之一楼，在池中央，小木为彴，夜则去之。榜其门曰：'楼不延客，书不借人。'"这倒是好办法，可惜一般人难得有此设备。

---

[1] 见《宋稗类钞》。

读书乐，所以有人一卷在手往往废寝忘食。但是也有人一看见书就哈欠连连，以看书为最好的治疗失眠的方法。黄庭坚说："人不读书，则尘俗生其间，照镜则面目可憎，对人则语言无味。"这也要看所读的是些什么书。如果读的尽是一些猥亵的东西，其人如何能有书卷气之可言？宋真宗皇帝的《劝学文》，实在令人难以入耳："富家不用买良田，书中自有千钟粟。安居不用架高堂，书中自有黄金屋。出门莫恨无人随，书中车马多如簇。娶妻莫恨无良媒，书中自有颜如玉。男儿欲遂平生志，六经勤向窗前读。"不过是把书当作敲门砖以遂平生之志，勤读六经，考场求售而已。十载寒窗，其中只是苦，而且吃尽苦中苦，未必就能进入佳境。倒是英国十九世纪的罗斯金[1]，在他的《芝麻与白百合》第一讲里，劝人读书尚友古人，那一番道理不失雅人深致。古圣先贤，成群的名世的作家，一年四季地排起队来立在书架上面等候你来点唤，召之即来挥之即去。行吟泽畔的屈大夫，一邀就到；饭颗山头[2]的李白、杜甫也会联袂而来；想看外国戏，环球剧院[3]的拿手好戏都随时承接堂会；

---

[1] 约翰·罗斯金（John Ruskin，1819—1900），19世纪英国杰出的作家、批评家、社会活动家。代表作《时至今日》《芝麻与白百合》《野橄榄花冠》等。
[2] 李白《戏赠杜甫》："饭颗山头逢杜甫，头戴笠子日卓午。借问别来太瘦生，总为从前作诗苦。"饭颗山，可能是山东兖州的小地名。
[3] 指莎士比亚在环球剧院上演的剧作。

亚里士多德可以把他在逍遥廊下的讲词对你重述一遍。这真是读书乐。

我们国内某一处的人最好赌博,所以讳言书,因为"书"与"输"同音,读书曰读胜。基于同一理由,许多地方的赌桌旁边忌人在身后读书。人生如博弈,全副精神去应付,还未必能操胜算。如果沾染上书癖,势必呆头呆脑,变成书呆,这样的人在人生的战场之上怎能不大败亏输?所以我们要钻书窟,也还要从书窟里钻出来。朱晦庵有句:"书册埋头何日了,不如抛却去寻春。"是见道[1]语,也是老实话。

---

[1] 见道,指最初生起断除烦恼的智慧,从而照见佛性之理。

人不读书，则所为何事，大概是陷身于世网尘劳，困厄于名缰利锁，五烧六蔽，苦恼烦心，自然面目可憎，焉能语言有味？

音乐

一个朋友来信说:"……我从来没有像现在这样烦恼过:住在我的隔壁的是一群在×××服务的女孩子,一回到家便大声歌唱,所唱的无非是些××歌曲,但是她们唱的腔调证明她们从来没有考虑过原制曲者所要产生的效果。我不能请她们闭嘴,也不能喊'通'!只得像在理发馆洗头时无可奈何地用棉花塞起耳朵来……"

我同情于这位朋友。但是他的烦恼不是他一个人有的。我尝想,音乐这样东西,在所有的艺术里,是最富于侵略性的。别种艺术,如图画雕刻,都是固定的,你不高兴欣赏便可以不必寓目，各不相扰；唯独音乐，声音一响，随着空气波荡而来，照直侵入你的耳朵，而耳朵平常都是不设防的，只得毫无抵御地任它震荡刺激。自以为能书善画的人，诚然也有令人不舒服的时候；据说有人拿着素扇跪在一位书画家面前，并非敬求墨宝，而是求他高抬贵手，别糟蹋他的扇子。这究竟是例外情形。书家画家并不强迫人家瞻仰他的作品，而所谓音乐也者，则对于凡是在音波所及的范围以内的人，一律强迫接受，也不管其效果是沁人肺腑，抑或是令人作呕。

我的朋友对于隔壁音乐表示不满，那情形还不算严重；我曾经领略过一次四人合唱，使我以后对于音乐会一类的集会轻易不敢问津。一阵彩声把四位歌者送上演台，钢琴声音动，四位歌者同时张口，我登时感觉到有五种高低疾徐全然不同的调子乱擂我的耳鼓，四位歌者唱出四个调子，第五个声音是从钢琴里发出来的！五缕声音搅作一团，全不和谐。当时我就觉得心旌颤动，飘飘然如失却重心，又觉得身临歧路，彷徨无主的样子。我回顾四座，大家都面面相觑，好像都各自准备逃生，一种分崩离析的空气弥漫于全室。像这样的音乐是极伤人的。

"音乐的耳朵"不是人人有的，这一点我承认，也许我就是缺乏这种耳朵。也许是我的环境不好，使我的这种耳朵，没有适当地发育。我记得在学校宿舍里住的时候，对面楼上住着一位音乐家，还是"国乐"，每当夕阳下山，他就临窗献技，引吭高歌，配着胡琴他唱"我好比……"在这时节我便按捺不住，颇想走到窗前去大声地告诉他，他好比是什么。我顶怕听胡琴，北平最好的名手××我也听过多少次数，无论他技巧怎样纯熟，总觉得唧唧的声音像是指甲在玻璃上抓。别种乐器，我都不讨厌，曾听古琴弹奏一段《梧桐雨》，琵琶乱弹一段《十面埋伏》。都觉得那确是音乐，唯独胡琴与我无缘。莎士比亚的《威尼斯商人》里曾说起有人一听见苏格兰人的风笛便要小便；那只是个人的怪癖。我对胡琴的反感亦只是一种怪癖吧？皮黄戏里的青衣花旦之类，在戏院广场里令人毛发倒竖，若是清唱则尤不可当，嘤然一叫，我本能地要抬起我的脚来，生怕是脚底下踩了谁的脖子！近听汉戏，黑头花脸亦唧唧锐叫，令人坐立不安；秦腔尤为激昂，常令听者随之手忙脚乱，不能自已。我可以听音乐，但若声音发自人类的喉咙，我便看不得粗了脖子红了脸的样子。我看着危险！我着急。

真正听京戏的内行人怀里揣着两包茶叶，踱到边厢一坐，听到妙处，摇头摆尾，随声击节，闭着眼睛体味声调的妙处，这心情我能了解，但是他付了多大的代价！他听了多少不愿意听的声音才能换取这一点音乐的陶醉！到如今，听戏的少，看戏的多。唱戏的亦竟以肺壮气长取胜，而不复重韵味，唯简单节奏尚是多数人所能体会，铿锵的锣鼓，油滑的管弦，都是最简单不过的，所以缺乏艺术教养的人，如一般大腹贾，大人先生，大学教授，大家闺秀，大名士，大豪绅，都趋之若鹜，自以为是在欣赏音乐！

在中西文化的交流中，我们的音乐（戏剧除外）也在蜕变，从《毛毛雨》[1]起以至于现在流行的×××之类，都是中国小调与西洋某一级音乐的混合，时而中菜西吃，时而西菜中吃，将来成为怎么样的定型，我不知道。我对音乐既不能做丝毫贡献，所以也很坦然地甘心放弃欣赏音乐的权利，除非为了某种机缘必须"共襄盛举"不得不到场备员。至于像我的朋友所抱怨的那种隔壁歌声，在我则认为是一种不可避免的自然现象，恰如我们住在屠宰场的附近便不能不听见猪叫一样，初听非常凄绝，久后亦就安之。夜深人静，荒凉的路上往往有人高唱"一马离了西凉界……"我原谅他，他怕鬼，用歌声来壮胆，其行可恶，其情可悯。但是在天微明时练习吹喇叭，则是我所不解。"打——搭——大——滴——"一声比一声高，高到声嘶力竭，吹喇叭的人显然是很吃苦，可是把多少人的睡眠给毁了，为什么不在另一个时候练习呢？

---

[1] 中国第一首流行歌曲，1927年由黎锦晖作词曲。

在原则上，凡是人为的音乐，都应该宁缺毋滥。因为没有人为的音乐，顶多是落个寂寞。而按其实，人是不会寂寞的。小孩的哭声、笑声，小贩的吆喝声，邻人的打架声，市里的喧阗声，到处"吃饭了吗""吃饭了吗"的原是应酬而现在变成性命交关的问答声——实在寂寞极了还有村里的鸡犬声！最令人难忘的还有所谓天籁。秋风起时树叶飒飒的声音，一阵阵袭来，如潮涌，如急雨，如万马奔腾，如衔枚疾走；风定之后，细听还有枯干的树叶一声声地打在阶上。秋雨落时，初起如蚕食桑叶，窸窸窣窣，继而淅淅沥沥，打在蕉叶上清脆可听。风声雨声，再加上虫声鸟声，都是自然的音乐，都能使我发生好感，都能驱除我的寂寞，何贵乎听那"我好比……我好比……"之类的歌声？然而此中情趣，不足为外人道也。